Bewerbung um einen Ausbildungsplatz

Peter-J. Schneider/Manfred Zindel

Bewerbung um einen Ausbildungsplatz

Wann starten? Wo bewerben? Wie schreiben?

Clever planen – Gezielt vorgehen – Überzeugend auftreten

FALKEN

Zum gleichen Themenbereich sind im FALKEN Verlag u. a. bereits erschienen:
Hans Friedrich, Erfolgreich bewerben um einen Ausbildungsplatz (60268)
Hans Friedrich, Gezielt bewerben – Einstellungshürden überwinden (1787)
Claus Harmsen, FALKEN Handbuch Bewerbung (2356)
Joachim Keil, Testtrainer für Ausbildungsplatzsuchende (60256)
Martina Schulze, Studienaufenthalte, Praktika und Jobs in USA und Kanada (1786)

Sie finden uns im Internet: **www. falken.de**

Aktualisierte, erweiterte und neu gestaltete Ausgabe des gleichnamigen Titels mit der ISBN-Nummer 3-8068-1656-5.

Dieses Buch wurde auf chlorfrei gebleichtem und säurefreiem Papier gedruckt.

Der Text dieses Buches entspricht den Regeln der neuen deutschen Rechtschreibung.

ISBN 3 8068 1936 X

Umschlaggestaltung: Elisabeth Berthauer
Titelfoto: ZEFA (Beck), Düsseldorf
Layout: Klaus Ohl, Wiesbaden
Redaktion: Karin Schulze-Langendorff, Hünstetten
Nachauflagenredaktion: Dr. Petra Begemann

Satz: U. Weber, München
Druck: Ludwig Auer GmbH, Donauwörth

817 2635 4453

Inhalt

Vorwort

Wenn Sie zu diesem Buch greifen, haben Sie die erste Hürde schon genommen: Sie wissen, was Sie werden wollen. Doch wie finden Sie den Ausbildungsplatz in einem Ihrer Wunschberufe? Die Konkurrenz ist in den meisten Fällen groß. Trotzdem besteht kein Grund zur Panik: Mit der richtigen Vorbereitung haben Sie gute Chancen die entscheidende Nasenlänge vorn zu sein. Und genau dabei leistet Ihnen dieses Buch wertvolle Hilfe. Es vermittelt ihnen das nötige Rüstzeug um Ihr Ziel zu erreichen. Die Verfasser wünschen Ihnen dafür viel Glück!

Eine Anmerkung vorweg: Dies ist selbstverständlich auch ein Buch für Frauen. Zugunsten einer besseren Lesbarkeit haben wir aber darauf verzichtet, immer beide Geschlechter zu nennen. So meinen wir selbstverständlich mit dem Begriff „Bewerber" auch die „Bewerberin", mit dem „Ausbilder" auch die „Ausbilderin", mit dem „Bankkaufmann" auch die „Bankkauffrau" und ebenso selbstverständlich mit der „Industriekauffrau" auch den „Industriekaufmann". Im Interesse einer leichteren Lesbarkeit werden Sie als Leserin dies sicher akzeptieren.

Vorbereitung der Ausbildungsplatzsuche

Das Rennen beginnt

Sie haben sich für einen Beruf entschieden und möchten nach Ihrem Schulabschluss eine Ausbildung machen. Nun beginnt es, das große Rennen um einen Ausbildungsplatz ... Es wird nicht einfach werden, denn

- es werden mehr Ausbildungsplätze gesucht als angeboten, d.h. einige Bewerber müssen zwangsläufig leer ausgehen,
- gerade in den beliebtesten Ausbildungsberufen übersteigt die Nachfrage die Zahl der Plätze erheblich,
- die meisten Jugendlichen geben sich bei ihren Bewerbungen große Mühe,
- viele Bewerber lassen ihre guten Beziehungen spielen und verschaffen sich so einen Vorteil.

Das bedeutet aber noch lange nicht, dass man gleich den Kopf hängen lassen sollte. Sie haben es in der Hand mit Ihrer Bewerbung erfolgreich zu sein. Wenn Sie das wollen, müssen Sie sich an einige für Sie neue, aber wichtige Spielregeln gewöhnen. Sie müssen Erwartungshaltungen und Anforderungen der Betriebe kennen und berücksichtigen. Sie müssen sich in der Regel auch nicht nur einmal, sondern viele Male bewerben. Dabei sollten Sie Ihre bisherigen Bewerbungen analysieren und wenn nötig ändern um es im zweiten oder dritten Anlauf besser zu machen und Fehler auszumerzen – aus Erfahrung wird man bekanntlich klug.

Um in diesem Rennen um die begehrtesten Ausbildungsplätze erfolgreich zu sein müssen Sie sich so verhalten wie erfolgreiche Betriebe oder auch Sportler: Sie müssen taktisch geschickt vorgehen, indem Sie eine eigene Bewerbungsstrategie entwickeln und diese auch konsequent verfolgen.

Dann haben Sie gute Chancen zu denen zu gehören, die einen Ausbildungsplatz bekommen, denn die Unternehmen stellen nur diejenigen ein, von denen sie sich die besten Leistungen für ihren Betrieb versprechen. Bei der Planung und Durchführung Ihrer „Bewerbungsaktion" hilft Ihnen dieser Ratgeber mit zahlreichen Expertentipps und Checklisten, mit Musterbriefen und Musterlebensläufen und mit vielen Textbausteinen zur individuellen Briefgestaltung. Er zeigt Ihnen auch, wie Sie formal „normgerechte" Bewerbungen verfassen, egal ob mit Maschine, PC oder handschriftlich.

Das alles ist einfacher, als Sie denken. Denn auch wenn Ihre Situation auf dem Ausbildungsmarkt nicht sehr rosig ist, dürfen Sie eins nicht tun: aufgeben.

Hochmut kommt vor dem Fall, lautet ein Sprichwort. Natürlich sollen Sie sich nicht grenzenlos überschätzen. Die Betriebe haben relativ feste Vorstellungen, welche Schulabschlüsse man für bestimmte Ausbildungsberufe benötigt. Doch das wissen Sie ja auch schon vom Arbeitsamt. Haben Sie es bei Ihrer Berufswahl berücksichtigt, sollten Sie mithilfe dieses Buches genügend Selbstvertrauen gewinnen um erfolgreich zu werden – auch dann, wenn es in der Schule nicht immer optimal gelaufen ist.

Denn bedenken Sie: Wenn Sie Erfolg haben wollen, müssen Sie nicht hundertprozentig *sein,* aber Sie müssen hundertprozentig *wollen.*

Ordnung erleichtert Ihre Arbeit

Legen Sie sich zunächst einen Bewerbungsordner im Format DIN A4 mit 7,5 cm Rückenstärke an. Ein Innenregister (erhältlich im Schreibwarenhandel) ist aus Gründen der Ordnung und Übersichtlichkeit unbedingt zu empfehlen.

Bewährt hat sich folgende Gliederung des Innenregisters:

1. Termincheck (siehe Seite 72), da dieser bei Anrufen immer sofort griffbereit sein muss.
2. Adressen möglicher Ausbildungsbetriebe: Sammeln sie hier alle Adressen und Stellenanzeigen von Betrieben, die Sie eventuell anschreiben wollen. Sie können hierzu eine Tabelle (Hinweise auf Seite 24) verwenden. Heften Sie diese Auflistung „Ausbildungsbetriebe“, die Ihnen eine schnelle Übersicht gibt, als erste Seite unter dieser Rubrik ab.
3. Infos: Hier sammeln Sie all die Infos über Betriebe, die Sie sich beschaffen können (z.B. Imagebroschüren, Betriebszeitungen, Unterlagen vom Arbeitsamt, eigene Aufzeichnungen nach Betriebsbesichtigungen, Praktika, Schnuppertagen, aufgrund von Gesprächen mit Bekannten usw.).
4. Anzeigen-Auswertung: Wollen Sie sich auf Anzeigen bewerben, sollten Sie hier die ausgefüllten „Anzeigen-Checklisten“ (siehe Seite 20) ablegen.
5. Schriftliche/Persönliche Bewerbung: Textbausteine, Ihr persönliches Profil, Lebenslauf und die Checkliste „Bewerbungs-Check“ (Seite 69) und eventuell Durchschläge oder Kopien Ihrer Bewerbungsbriefe heften Sie unter dieser Rubrik ab. Beginnen Sie dabei mit der „Bewerbungsübersicht“ (Seite 68).
6. Tests: Legen Sie hier alle Informationen über Tests ab.
7. Vorstellungsgespräch: Sämtliche Informationen zu Vorstellungsgesprächen werden hier gesammelt. Darüber hinaus heften Sie hier alle Einladungsbriefe zu Vorstellungsgesprächen ab sowie Notizen zu Ihrer persönlichen Vorbereitung des Gesprächs (bspw. die Fragen, die Sie gestellt haben, und die antworten des Untenehmens).
8. Zeugnisse (und Kopien) sowie andere Bescheinigungen bewahren Sie in Klarsichthüllen unter der gleichnamigen Rubrik auf.

Sie sollten diesen Ordner nicht auflösen, wenn Sie einen Ausbildungsplatz erhalten haben. Da Sie sich nämlich sicher nicht das letzte Mal in Ihrem Leben bewerben und vorstellen werden, ist es ratsam die Unterlagen aufzuheben. Nach und nach können Sie dann den Ordner um neue Zeugnisse (wie bspw. betriebliche Arbeitszeugnisse) und auf den aktuellsten Stand gebrachte Lebensläufe ergänzen. Diese Vorgehensweise erspart Ihnen bei einer erneuten Bewerbung mühseliges Suchen und damit viel Arbeit.

Nicht mehr benötigte Unterlagen nehmen Sie heraus. Adressen und Informationen von Unternehmen, bei denen Sie sich eine Beschäftigung vorstellen können, sollten Sie weiterhin sammeln (und ggf. alte Daten aktualisieren). Denn trotz fester Anstellung sucht man oft neue Herausforderungen und wird ab und an versuchen sich um eine bessere Stelle zu bewerben.

Langfristig planen: Was ist wann zu tun?

Eine gute Vorbereitung ist der halbe Erfolg: „Last minute“ kann bei Reisen sehr interessant sein, aber für eine Bewerbung taugt dieses Vorgehen nur wenig. Bringen Sie die Unterlagen, die Sie benötigen, rechtzeitig in Ordnung. Der Bewerbungsstress lässt Ihnen später wenig Zeit dazu.

Mindestens ebenso wichtig: Planen Sie langfristig. Für die einzelnen Berufe gibt es zum Teil sehr unterschiedliche Bewerbungsfristen. Insbesondere für bestimmte kaufmännische Ausbildungsberufe, in der öffentlichen Verwaltung, aber grundsätzlich auch in vielen Großbetrieben liegt der Bewerbungsschluss oft schon ein Jahr oder sogar länger vor der geplanten Einstellung. Die folgende Checkliste „Bewerbungsplanung“ mit ihren Kästchen zum Abhaken verhindert, daß Sie wichtige Termine verpassen.

CHECK LISTE

Bewerbungsplanung

Zeitplan	Tätigkeiten	erledigt?
zwei Jahre vor Ende der Schulzeit	Sie sollten schon jetzt: ■ Ihren Berufswunsch festlegen, ■ Ihre schulischen Voraussetzungen erkunden, ■ einen Gesprächstermin mit dem Arbeitsamt vereinbaren, ■ das Berufsinformationszentrum – BIZ – des Arbeitsamtes nutzen (Material zu den Ausbildungsberufen).	☐
vorletztes Schuljahr (Februar bis Mai)	Machen Sie mögliche Ausbildungsbetriebe ausfindig. Bahnen Sie eventuell erste Kontakte über Freunde und Bekannte an. Arbeiten Sie dieses Buch gut durch.	☐
ab den Osterferien	Beginnen Sie den Stellenteil regionaler Zeitungen nach eventuellen Angeboten für Ausbildungsplätze durchzusehen und interessante Anzeigen abzuheften. Auch solche, in denen keine Ausbildungsplätze geboten werden: Wer heute eine Stelle frei hat, sucht morgen vielleicht auch Auszubildende.	☐
Ende des vorletzten Schuljahres	Unterlagen vorbereiten: ■ Kopien der letzten Schulzeugnisse machen, ■ Bescheinigungen über Praktika, Kurse usw. ausstellen lassen, ■ Passfotos anfertigen lassen (siehe Seite 53), ■ Lebensläufe schreiben (siehe Seite 55 ff.), ■ Bewerbungsschreiben üben (siehe Seite 29 ff.). Nehmen Sie wegen freier Ausbildungsplätze Kontakt zum Arbeitsamt auf.	☐
ein bis zwei Monate vor den Sommerferien	Es wird Zeit erste Bewerbungen zu schreiben – für kaufmännische Ausbildungsberufe und für Ausbildungsplätze in größeren Betrieben und der öffentlichen Verwaltung oder öffentlichen Einrichtungen (Polizei usw.).	☐

Zeitplan	Tätigkeiten	erledigt?
ab September	Es wird nun auch Zeit sich für eine Ausbildung im Handwerk zu bewerben.	
Herbst/Winter	Sie müssen damit rechnen, daß Sie zu Einstellungstests eingeladen werden (siehe Seite 79 ff.). Bereiten Sie sich darauf möglichst gut vor, denn nur wer alle Hürden überspringt, schafft das Rennen. Aber denken Sie daran: Nicht jeder kann gleich ganz vorne sein. Eine Absage ist kein Beinbruch. Starten Sie erneut und nutzen Sie dabei Ihre schon gemachten Erfahrungen.	
Ende des vorletzten Schuljahres	Wenn Sie es noch nicht getan haben, wird es jetzt höchste Zeit sich für handwerkliche Ausbildungsberufe zu bewerben. Sie wissen: je früher, desto besser ...	
Januar/Februar	Sie bekommen jetzt wahrscheinlich die ersten Antworten auf Ihre Bewerbungen und werden eventuell zu Vorstellungsgesprächen eingeladen. Dies ist ein erster Erfolg. Gehen Sie locker mit der neuen Anforderung um (siehe Seite 92 ff.) Planen Sie Ihre Termine genau mithilfe dieses Buches.	
Ostern	Die ersten Nachrückverfahren beginnen. Selbst wenn Sie bisher noch keinen Ausbildungsplatz haben, sind noch nicht alle Chancen vergeben. Fragen Sie Freunde, die eine Ausbildungsstelle bekommen haben, wo sie sich noch beworben haben, denn diese Stelle wird ja wahrscheinlich frei ... Erkundigen Sie sich aber jetzt auch unbedingt nach schulischen Plätzen und melden Sie sich an. Wenn Sie wirklich keinen Ausbildungsplatz bekommen sollten, haben Sie wenigstens einen Schulplatz sicher. Absagen können Sie ihn jederzeit.	
Abschlusszeugnis	Jetzt wird's ernst. Wenn Sie noch nichts gefunden haben, rufen Sie die Firmen an, bei denen Sie sich beworben, von denen Sie aber noch keine Antwort erhalten haben, und erkundigen Sie sich nach dem Stand der Dinge.	

Ansprechpartner ermitteln: Wer bildet aus?

Es gibt viele Möglichkeiten an Anschriften von Betrieben zu kommen, die ausbilden. Warten Sie nicht, bis jemand auf Sie zukommt. Sie wollen eine Ausbildungsstelle haben und deshalb müssen Sie selbst aktiv werden. Deshalb sollten Sie insbesondere am Wochenende auch auf die Stellenanzeigen in Ihrer Heimatzeitung achten. Hier annoncieren auch Ausbildungsbetriebe. In einer guten Ausbildungsplatzanzeige stehen Informationen, auf die Sie zum einen in Ihrem Bewerbungsschreiben eingehen sollten, die Ihnen zum anderen aber auch bei der Vorbereitung auf ein mögliches Vorstellungsgespräch nützlich sein können.

Stellenanzeigen verraten durch den Stil und die Aufmachung häufig mehr über den Ausbildungsbetrieb als der reine Text. Deshalb kann es durchaus sinnvoll sein sich die Anzeigen, für die man sich interessiert, auszuschneiden und mit dem Datum versehen aufzuheben. Ein Bezug auf eine solche Anzeige signalisiert auch, dass man Zeitung liest und sich somit für das Tagesgeschehen interessiert. Dass dies nicht ganz uninteressant für eine erfolgreiche Bewerbung oder den Verlauf eines Vorstellungsgespräches ist, liegt auf der Hand. Eine Anleitung wie sich eine Checkliste für das Sammeln und Analysieren von Anzeigen anlegen lässt, finden Sie auf Seite 20.

Unser Tipp:

Vorsicht ist bei Anzeigen für Ausbildungsplätze unter Chiffre geboten. Seriöse Betriebe haben es nicht nötig sich zu verstecken.

Generell ist es günstig möglichst viele Adressen von Firmen oder Institutionen, die in Ihren Wunschberufen ausbilden, zu sammeln. Bevor Sie mit Ihren Bewerbungsaktivitäten beginnen, sollten Sie prüfen, ob Sie alle Adressen gleichzeitig anschreiben oder ob Sie einige Firmen mit den dazugehörigen Ausbildungsberufen als „zweite Wahl" zurückbehalten – quasi als Sicherheit, wenn alle aus der ersten Kategorie absagen.

Bei mündlichen Bewerbungen (durch persönliche Vorsprachen oder per Telefon) sollten Sie eine Rangordnung aufstellen, in welcher Reihenfolge Sie die Firmen anrufen oder aufsuchen. Orientieren Sie sich dabei an Ihren persönlichen Prioritäten für Berufe oder Firmen. Ansonsten werden Sie eventuell in Terminnot kommen oder es kann ein großes Durcheinander geben.

Doch – einmal abgesehen von den erwähnten Zeitungsanzeigen – wo bekommen Sie weitere Adressen her? Da gibt es zahlreiche Möglichkeiten. Die Tabellen auf den folgenden Seiten verraten sie Ihnen.

Die Ausbilder agieren – Sie reagieren

Sie sammeln interessante Ausbildungsplatzangebote, auf die Sie sich bewerben wollen.	
Arbeitsamt	Ihr zuständiger Arbeitsamtsberater nennt Ihnen nach einer Berufseignungsuntersuchung mögliche Adressen. Die Berater dürfen Ihnen aber nur solche Berufe vermitteln, für die Sie ihnen geeignet erscheinen. Wenn Sie dennoch einen anderen Beruf erlernen wollen, müssen Sie selbst aktiv werden.
Broschüren	Banken, Versicherungen, große Industriebetriebe u. a. haben oftmals Broschüren, mit denen sie um Ausbildungsplatzsuchende werben. Sie geben diese an die Schulen, Arbeitsämter, in ihre Filialen oder machen in den Medien Werbung dafür. Solche Broschüren sind ein wichtiges Hilfsmittel, da sie eventuell nützliche Infos für Bewerbungsschreiben und Vorstellungsgespräche enthalten.
Zeitschriften speziell für Abiturienten und Fachoberschüler	Beim Deutschen Institutsverlag, Postfach 510670, 50942 Köln, Telefon: 0221/3708341 erscheint für ca. 20,00 DM jährlich eine Zeitschrift „Abiturientenausbildung der Wirtschaft“. Sie enthält ca. 380 Adressen von Betrieben in ganz Deutschland, die für Abiturienten und Fachhochschüler spezielle Ausbildungsgänge anbieten. Anforderungen, Aufstiegsmöglichkeiten, Gehalt usw. werden beschrieben. Sie sollten eine Zeitschrift eventuell mit mehreren Klassenkameraden zusammen kaufen.
Schulen	Vor allem kleinere Betriebe (Handwerk, Handel und Freiberufler) melden freie Ausbildungsplätze oft den Schulen.

→

Stellenanzeigen	In den Wochenendausgaben der regionalen und überregionalen Zeitungen finden Sie vereinzelt Anzeigen, in denen Ausbildungsplätze angeboten werden. Aber auch andere Stellenanzeigen können für Sie interessant sein. Denn wer heute einen Arbeitsplatz frei hat, der stellt vielleicht auch Azubis ein. Wenn Sie diese Anzeigen über einen längeren Zeitraum hinweg sammeln, verfügen Sie über die Anschriften von Personalsachbearbeitern zahlreicher Unternehmen.
Funk- und Fernsehspots	Größere Unternehmen werben heute schon mit ihrer Ausbildungsbereitschaft in Funk und Fernsehen.

Sie agieren – die Ausbilder reagieren

Sie können natürlich auch selbst aktiv werden und sich um Adressen bemühen.

Telefonische Anfragen	Rufen Sie ruhig bei den Firmen/Behörden an und erkundigen Sie sich, ob Ausbildungsplätze angeboten werden. Bei größeren Betrieben und Behörden fragen Sie nach der Personalabteilung oder dem Ausbildungswesen, bei kleineren (etwa bei Handwerk, Einzelhandel, Arzt-, Steuer- und Anwaltspraxen, Apotheken, Reisebüros) lassen Sie sich am besten gleich die Chefin oder den Chef geben. Achten Sie darauf, dass Sie bei diesem ersten Anruf schon einen sehr guten Eindruck hinterlassen. Gehen Sie strategisch vor, indem Sie das Gespräch mit unseren Tipps zum Gesprächsablauf der telefonischen Bewerbung/Anfrage auf Seite 26 ff. vorbereiten.
Persönliche Vorsprache	Statt mit einer telefonischen Anfrage können Sie auch gleich persönlich nach einem möglichen Ausbildungsplatz fragen. Dies wird auch wieder bei kleineren Betrieben und Freiberuflern, nicht jedoch bei Großbetrieben empfehlenswert sein.

„Vitamin B“	Wenn Sie Beziehungen zu Angehörigen von Unternehmen oder Behörden haben, dann sollten Sie diese unbedingt nutzen und vor der Bewerbung mit diesen Personen sprechen. Selbst wenn Sie keine direkte Fürsprache erreichen, können Sie nützliche Informationen für Ihre Bewerbung erhalten. Arbeiten Ihre Eltern, Verwandte, Freunde, Nachbarn o. Ä. in der Firma? Können Sie andere Kontakte knüpfen, zum Beispiel über Vereine, Gemeindeverwaltung, Feuerwehr usw.? Es gibt hier vielfältige Möglichkeiten, über die Sie unbedingt einmal nachdenken sollten.
Telefonbuch, Gelbe Seiten, Telefaxbuch	Im Branchenbuch der infrage kommenden Stadt, den Gelben Seiten, im Telefon- und im Telefaxbuch können Adressen besorgt werden. (Das Telefaxbuch ist übersichtlicher als ein Telefonbuch, da die zahlreichen privaten Teilnehmer, die über kein Fax verfügen, nicht aufgeführt sind.) Sie können diese Bücher in Ihrem Postamt einsehen, wenn Sie sie nicht selbst haben.
Behörden, Kommunal- oder Stadtverwaltungen	Hier können Sie sich nach Ausbildungsberufen in der Verwaltung erkundigen, nach handwerlichen Berufen in den Bauhöfen, Fuhrparks, nach einer Stelle als Gärtner, aber auch nach Ausbildungs- und Praktikumsplätzen in Altenheimen, Kindergärten und Betreuungsstätten.
Kammern	Industrie- und Handelskammern, Handwerks-, Notariats- und Anwalts-, Ärzte- und Zahnärztekammern u. Ä. können Ihnen Adressen ihrer Mitglieder nennen. Die Adressen der Kammern erfahren Sie über das Telefonbuch der nächsten größeren Stadt oder das Sekretariat der Berufsschulen.
Anzeigen	Sie geben selbst Anzeigen in der Tageszeitung auf. Eine teure, aber mitunter recht wirkungsvolle Möglichkeit, falls Sie zu wenig Adressen haben (siehe Seite 20 ff.).
Freunde, Verwandte u.a.	Auch wenn Ihre Freunde, Verwandten, Nachbarn, Bekannten, Vereinskameraden u. a. keine direkten Beziehungen haben (siehe „Vitamin B“), können Sie sie doch einmal nach Adressen von Firmen fragen.

Mitschüler	Es kann durchaus sein, dass Ihre Mitschüler von mehreren Firmen eine Zusage erhalten. Lassen Sie sich die Adressen von den Firmen geben, denen abgesagt wurde. In Großbetrieben werden die „Nachrücker" genommen. Kommt die Absage aber sehr spät und es wurde allen anderen Mitbewerbern schon abgesagt, kann der Fall eintreten, dass der Ausbildungsplatz plötzlich frei ist. Daher sollten Sie dort sofort anrufen. Das Gleiche gilt für Kleinbetriebe, Handwerker und Freiberufler, bei denen mündliche Bewerbungen vorlagen. Sie können sich ruhig darauf berufen, dass sich Ihr Freund/Bekannter anderweitig entschieden hat und Sie Interesse an seinem Ausbildungsplatz haben.
Praktika, Ferienjobs o. Ä.	Wenn Sie sich in der Firma/Behörde bewerben, in der Sie ein Praktikum, einen Ferien-/Aushilfsjob o. Ä. absolviert haben, sollten Sie die dort gesammelten Erfahrungen in Ihre Bewerbung mit aufnehmen. Sie kennen dann sicherlich den Ansprechpartner für Bewerbungen und wissen, worauf der Betrieb Wert legt.
Schnuppertage	Zahlreiche Betriebe bieten so genannte Schnupperpraktika oder Schnuppertage von einem oder mehreren Tagen, aber auch acht- bis vierzehntägig an. Sie können so natürlich am besten den Betrieb, die Arbeit, die Chefs, Ausbilder, späteren Kollegen und das Betriebsklima kennen lernen. Wenn Sie an einer solchen Veranstaltung teilnehmen, halten sie Augen und Ohren offen, erfragen Sie alles, was Sie interessiert. Nicht nur, weil Sie einen besseren Eindruck hinterlassen, wenn Sie an den Arbeitsabläufen, Maschinen usw. interessiert sind, sondern auch, weil Sie sich dadurch ein besseres Bild machen können, ob Ihnen dieser Betrieb und diese Arbeit liegen. Sie erhalten außerdem wertvolle Informationen, die Sie in Ihrem späteren Bewerbungsschreiben und auch im Vorstellungsgespräch verwenden können. Schreiben Sie daher am besten gleich die wichtigsten Erkenntnisse auf und heften Sie die Notizen in Ihrem Bewerbungsordner ab. Nur so werden sie nicht vergessen.

Weitere Informationen einholen

Sammeln Sie alle wichtigen Informationen, die Sie erhalten, und heften Sie Ihre Notizen in Ihrem Bewerbungsordner ab.

Zeitungen u. a.	Berichte in den Medien über Betriebe oder Behörden, bei denen Sie sich bewerben wollen, sollten Sie unbedingt sammeln. Sie können sie für Ihr Bewerbungsschreiben und für Ihr Vorstellungsgespräch gut gebrauchen. Denn gerade bei Letzterem erwartet man von Ihnen, dass Sie sich über Ihren zukünftigen Ausbildungsbetrieb informiert haben.
Praktika von Mitschülern	Auch aus deren Erfahrungen und Berichten können Sie eventuell wertvolle Infos gewinnen.
Betriebs-besichtigungen/ Informationstage	Vor allem Großbetriebe geben regelmäßig die Möglichkeit zu Betriebsbesichtigungen, die Sie nutzen sollten. Sie können sich Ausbildungs- und Arbeitsstätten ansehen, mit Betriebsangehörigen, Ausbildern und Auszubildenden sprechen und auch schriftliche Infos mitnehmen. Es macht einen sehr guten Eindruck, wenn Sie sich bei einer Bewerbung oder einem Vorstellungsgespräch auf diese Besichtigungen und/oder Gespräche beziehen.
Tag der offenen Tür o. Ä.	Die Aussagen zur Betriebsbesichtigung gelten auch für den „Tag der offenen Tür", vor allem für große Firmen, Behörden und bei Neueröffnungen, sowie für Sonderveranstaltungen, wie Jubiläen oder andere Werbeveranstaltungen von kleineren Firmen.
Internet	Haben Sie die Möglichkeit im Internet zu surfen? Auch hier können Sie wichtige Informationen über Firmen erhalten, die Sie in die Bewerbungsschreiben integrieren, aber auch für Ihre Vorbereitung auf das Vorstellungsgespräch nutzen können.

Wenn Sie sich auf Anzeigen hin bewerben wollen, ist eine Checkliste zur Auswertung der Anzeigeninhalte sehr nützlich. Legen Sie diese „Anzeigen-Checkliste“ auf einem Blatt Papier im DIN-A4-Format an. Nach der Überschrift lassen Sie als Erstes genügend Platz frei zum Einkleben der jeweiligen Anzeige. Darunter stehen die verschiedenen Stichworte, nach denen Sie Anzeigen analysieren. Nach jeder Rubrik folgen einige Leerzeilen für Notizen. Von dieser Checkliste machen Sie mehrere Kopien, die Sie in Ihrem Bewerbungsordner abheften. Wenn Sie dann eine interessante Anzeige entdecken, können Sie sie dort umgehend einkleben und analysieren. Ihre Checkliste enthält folgende Rubriken:

- Zeitungsanzeige vom ...
- Name der Zeitung
- Ausbildungsbetrieb
- Branche
- Ausbildungsberuf
- nötiger Schulabschluss
- Ausbildungsbeginn
- geforderte Unterlagen
- Bewerbung abgeschickt am ...

Selbst aktiv werden: Welche Anzeige bringt’s?

Sie haben noch keine oder zu wenig geeignete Adressen für Bewerbungen ermittelt? Wählen Sie den zwar etwas teureren, aber oftmals erfolgreichen Weg der eigenen Stellenanzeige. Gehen Sie auch hier mit System vor und orientieren Sie sich an den drei W:

1 **W**ann sollten Sie eine Anzeige aufgeben?

- Sie haben trotz anderer Bemühungen noch keine geeigneten Adressen erhalten.
- Sie suchen einen Platz für einen nicht alltäglichen Ausbildungsberuf (z.B. Zahntechniker, Goldschmiedin ...).
- Sie würden auch in ein anderes Gebiet ziehen, müssten also in der dortigen Zeitung inserieren.

2 **W**o sollten Sie die Anzeige aufgeben?

Jeweils in der regionalen Tageszeitung Ihres Zielgebietes.

Unser Tipp:

Für Ausbildungsplätze bei Behörden, öffentlichen Verwaltungen, Bahn, Post usw. ist dieser Weg weniger sinnvoll als für Ausbildungsplätze bei privaten Unternehmen und Freiberuflern wie Ärzten, Architekten, Steuerberatern, Anwälten usw.

3 Wie sollten Sie die Stellenanzeige gestalten?

Obwohl Kleinanzeigen im Stellenteil der Tageszeitungen nach Zeilen bezahlt werden müssen, sollten Sie Ihr „Angebot“ zwar knapp, aber auch wirkungsvoll gestalten.

Inhalte und Gestaltung der Anzeige

Und nun geht's ans Verfassen der Anzeige. Die Tabelle auf Seite 22 hilft Ihnen beim Festlegen der Inhalte und gibt Tipps für die optische Gestaltung. Und Sie können sich bei Ihrem Entwurf an den Musteranzeigen (Seite 23) orientieren.

Einige Tipps zum Schluss

Bei zweifelhaften Ausbildungsplatzangeboten fragen Sie lieber vorher die zuständige Handwerks- oder Industrie- und Handelskammer. „Schwarzen Schafen“ kommt man so schnell auf die Spur und vermeidet auf diese Weise womöglich eine Fehlentscheidung.

Viel Geld verdienen in kurzer Zeit
... für unabhängige Jugendliche ...

Solche oder ähnliche Angebote sind meist unseriöse „Drückerjobs“. Sie sind völlig ungeeignet – auch zur Überbrückung etwaiger Wartezeiten oder Arbeitslosigkeit. Darum: Hände weg von diesen Angeboten!

Unser Tipp:

- **Eine Chiffre-Anzeige ist nur dann zu empfehlen, wenn Sie einen Ausbildungsplatz in Aussicht haben, sich dennoch aber weiter bewerben wollen.**
- **Chiffre-Anzeigen sind teurer als Anzeigen mit Ihrer Telefonnummer. Der Preis ist davon abhängig, ob Sie die Zuschriften abholen oder sich zuschicken lassen.**
- **Ein weiterer Vorteil der Chiffre liegt darin, dass Sie nicht unvorbereitet angerufen werden und sich Ihre Antwort in Ruhe überlegen können.**

Inhalt	Muster	Gestaltung
Die Anzeige sollte folgende Fragen beantworten: ■ Wer sind Sie? → ■ Was bieten Sie? → ■ Was suchen Sie? → ■ Wie sind Sie zu erreichen? → Tipps: ■ Am besten geben Sie Ihre Telefonnummer an, das ist preiswerter, schneller und unkomplizierter als mit Chiffre. Auf Telefongespräche sollten Sie sich unbedingt anhand unserer Hinweise auf Seite 27 vorbereiten. ■ Für den Ausbilder wichtige Zusatzqualifikationen verteuern zwar die Anzeige, sind aber erfolgreicher. Zu nennen wären zusätzliche Schulabschlüsse, Führerschein, Zertifikate u. a.	**Fachoberschülerin** (19) Wirtschaft und Verwaltung, sucht zum 01.08.19.. Ausbildungsplatz als Industriekauffrau, Telefon 06693/34678	Tipps: ■ Mindestens das erste Wort kommt in Fettdruck, optisch besser die gesamte Anzeige (wenn Sie keinen Rahmen wählen). ■ Die Anzeigenannahme zeigt Ihnen verschiedene Muster für eine Umrahmung, mit der Sie Ihre Anzeige optisch hervorheben können. (Siehe hierzu auch die Beispielanzeigen auf Seite 23.)

Gastwirtstochter (16), BGJ., sucht Ausbild.platz als Restaurantfachfrau, Tel. 0 30/11 23 45

Modische 17-Jährige sucht Ausbild.platz in Boutique Tel. 0 61 95/74 45

Hobbyköchin (17) sucht Ausbild.-platz Hauptsch./BGJ-Ernähr.; Tel. 05 51/3 21 01

Abiturient (20), Führersch. Kl. 3, EDV-Kenntn., sucht nach Wehrdienst zum 01.10. Ausbild.platz als DV-Kfm. Chiffre A/2244

Reno-Ausbildungsplatz von Realschülerin (17) im Raum KS ges., Tel. 05 61/3 45 67

Abiturient (20), Leistungskurs Bio, sucht zum 01.08. Ausbild.platz als Biologie- oder Chemielaborant in Südhessen, Zuschr. Chiffre B/1234

Techn. interess. Realschüler (17) sucht zum 01.08. Ausbild.platz als Industrie-, Kfz-mech. oder Werkzeugm. Tel. 0 69/98 76 45

Hauptsch. (15), kräftig, sucht Ausbild.platz im Bau, Raum FZ/HBG, Klaus Schmitt, Hauptstr. 5, 34599 Neuental

Zum Schluss noch folgender Rat: Selbst wenn die Sorge, keinen Ausbildungsplatz zu erhalten, noch so groß ist, sollte man keinesfalls irgendetwas oder das erstbeste Angebot nehmen. Denn nicht jeder Betrieb muss passen. Es bringt nichts sich überall und damit auch bei solchen Betrieben zu bewerben, die von vornherein nicht infrage kommen.

Fertigen Sie auf einem extra Blatt Papier eine Tabelle mit acht senkrechten Spalten an. Die Tabelle erhält die Überschrift „Ausbildungsbetriebe" und die einzelnen Rubriken lauten folgendermaßen:

- Betrieb/Ort
- Entfernung in Kilometer
- Verkehrsmittel
- Arbeitsweg in Minuten
- Spätere Aufstiegs- und Berufschancen (gut/mittel/schlecht)
- Vergütung (hoch/mittel/schlecht)
- Ruf der Firma (sehr gut/gut/weniger gut)
- Persönlich ginge ich da sehr gern/gern/nur ungern hin

Wenn Sie in diese Tabelle die infrage kommenden Betriebe eintragen, können Sie eine systematische Auswahl treffen. Sie beantwortet Ihnen die Fragen:

- Welche Bedingungen erwarten mich?
- Was kann ich akzeptieren?
- Wo möchte ich am liebsten ausgebildet werden?

Es geht los – die Bewerbung

„Hiermit bewerbe ich mich bei Ihnen um einen Ausbildungsplatz als ...“ – wer diesen Satz als Ausbilder zum x-ten Mal lesen muss, wird kaum ein Gähnen unterdrücken können.

Es lohnt sich also über eine überzeugendere (Selbst-)Darstellung nachzudenken.

Tipps für gelungene Bewerbungsschreiben wie auch für das Auftreten am Telefon erhalten Sie in diesem Kapitel. Außerdem erfahren Sie, welche Unterlagen bei einer vollständigen Bewerbung erwartet werden.

Die Bewerbung ist mit einer ersten persönlichen Vorstellung vergleichbar. Es ist dabei ganz entscheidend, dass es Ihnen gelingt, Ihren künftigen Ausbilder für Sie und Ihre Ziele zu interessieren. Ihre Bewerbung muss ihn neugierig machen Sie persönlich kennen zu lernen. Gerade der erste Eindruck ist oft schon mit entscheidend. Er soll Ihnen die Tür zu dem Ausbildungsbetrieb öffnen.

Beachten Sie: Mit Ihrer Bewerbung werben Sie für sich, Sie bieten sich an. Werbeaktionen sollten nach der so genannten „AIDA-Regel“ ablaufen. Das gilt auch für Ihre Bewerbung. Sie soll bei dem Umworbenen (dem Chef oder dem zuständigen Personalsachbearbeiter) folgende Ziele erreichen:

Attention (Aufmerksamkeit): Sie wollen auf sich aufmerksam machen.

Interest (Interesse): Mit Ihrer Bewerbung wollen Sie Interesse an Ihrer Person wecken.

Desire (Wunsch): Sie wollen bei dem Umworbenen den Wunsch erzeugen Sie kennen zu lernen.

Action (Handlung): Er soll Sie zum Vorstellungsgespräch (oder auch zum Test) einladen.

Dies gilt für eine telefonische Anfrage wie für schriftliche Bewerbungen.

Erst einmal vorfühlen: Die Anfrage

Sie bewerben sich mit System. Das heißt auch, dass Sie versuchen, keine unnötigen Bewerbungen zu verschicken, und so Zeit und Geld sparen.
Daher sollten Sie sich zunächst telefonisch nach Ausbildungsmöglichkeiten erkundigen.
Eine Anfrage wäre auch in schriftlicher Form möglich. Wir empfehlen Ihnen aber den telefonischen Weg, das ist einfacher und schneller.

Unser Tipp:

Wenn Betriebe in Anzeigen oder Broschüren um Auszubildende werben und für Fragen die Telefonverbindung angeben, sollten Sie dort auch anrufen. Sie erhalten eventuell wichtige Infos für Ihre schriftliche Bewerbung.

Erst einmal telefonisch vorfühlen bringt einige Vorteile. Sie erfahren:

- ob der Betrieb/die Verwaltung o. Ä. zu diesem Termin überhaupt einen oder mehrere Azubis sucht,
- in welchen Berufen ausgebildet wird,
- welche Schulabschlüsse erwartet werden.

Viele kleinere Handwerks- und Handelsbetriebe, aber auch Freiberufler (z.B. Ärzte, Anwälte, Notare, Steuerberater) verzichten – vor allem dann, wenn Sie persönlich bekannt sind – nach einer telefonischen Anfrage auf eine schriftliche Bewerbung und laden Sie möglicherweise gleich zu einem Vorstellungsgespräch ein.
Bereiten Sie Ihren Anruf unbedingt vor. Die nachfolgenden Hinweise und Tipps sollen Ihnen dabei helfen.

Oft der schnellste Weg: Die telefonische Bewerbung

Egal ob Sie nur eine Voranfrage stellen (siehe oben) oder sich gleich telefonisch bewerben, Sie sollten nicht unvorbereitet ans Werk gehen. Denn:

Sie müssen mit einem Telefongespräch innerhalb einer kurzen Zeit bei Ihrem Gesprächspartner ein Interesse wecken Sie persönlich kennen zu lernen.

Unser Tipp:

Üben Sie das Telefongespräch allein (sprechen Sie das Gespräch laut durch) oder noch besser mit einem Freund, einer Freundin, Eltern oder Geschwistern.

Ein möglichst guter erster Eindruck kann bereits Ihre Eintrittskarte sein. Dies gilt natürlich ganz besonders für kleinere Betriebe, bei denen Sie mit dem Chef, der Chefin oder dem für die Einstellungen zuständigen Mitarbeiter sprechen.

Ihre Vorbereitung

Nach dem Motto: „Der erste Eindruck ist der beste" sollten Sie sich gründlich überlegen:

- wie Sie sich überzeugend darstellen oder – anders ausgedrückt – gleichsam für sich werben,
- welche Fragen Ihnen gestellt werden könnten und was Sie darauf antworten,
- welche Fragen Sie Ihrem Gesprächspartner stellen wollen.

Orientieren Sie sich dazu an unseren Hinweisen zum Gesprächsablauf (siehe Seite 28 f.).

Vor dem Telefongespräch

1 Sorgen Sie dafür, daß Sie ungestört telefonieren können.

2 Legen Sie sich folgende Unterlagen zurecht:

- Tipps zum Gesprächsverlauf (Seite 28 f.)
- Papier und Stift für Notizen
- Ihren Lebenslauf
- Anzeige oder Broschüre des Ausbilders (falls vorhanden)

3 Ein Vorteil ist es, dass Sie den Zeitpunkt des Gespräches bestimmen. Sie können sich also „mental" auf dieses Gespräch vorbereiten. Sicherlich kennen Sie den Spruch von Boris Becker nach einer Niederlage „Ich war heute mental nicht gut drauf ..." Tatsächlich bereiten sich Sportler auf den Wettkampf und auch Künstler auf ihren Auftritt in der Regel „mental" vor.

> **Unser Tipp:**
>
> **Und so gelingt die mentale Vorbereitung: Setzen Sie sich ganz ruhig hin. Seien Sie locker und entspannt. Konzentrieren Sie sich jetzt auf Ihr Gespräch. Denken Sie an nichts anderes. Nehmen Sie Ihre Notizen und gehen Sie das Gespräch noch einmal gedanklich durch. Sie wissen, daß Sie wegen Ihrer guten Vorbereitung einen positiven Eindruck hinterlassen werden. Wenn Sie merken, daß Sie trotz der inneren Anspannung ruhig und fit genug sind, dann legen Sie los (rufen Sie an).**

Der Gesprächsablauf

Bei größeren Firmen oder Behörden haben Sie zunächst die Telefonzentrale am Apparat, bei kleineren Betrieben eine Sekretärin, einen Mitarbeiter oder gleich den Chef.

1. Schritt

Nennen Sie deutlich Ihren Namen.

Lassen Sie sich den für die Einstellung der Azubis zuständigen Sachbearbeiter oder den Chef geben.

Lassen Sie sich nicht abwimmeln. Sollten Sie merken, dass Ihr Anruf völlig ungelegen kommt, fragen Sie nach einem Zeitpunkt, zu dem Sie nochmals anrufen können.

2. Schritt

Wenn Sie mit dem zuständigen Gesprächspartner verbunden worden sind, nennen Sie erneut deutlich Ihren Namen, begrüßen Sie den Gesprächspartner und erläutern Sie den Grund Ihres Anrufes.

Sprechen Sie langsam und deutlich. Machen Sie kurze und präzise Angaben, ohne Ausschweifungen.

Sprechen Sie Ihren Gesprächspartner mit seinem Namen an, das klingt persönlicher. Sollten Sie den Namen nicht gleich verstanden haben, fragen Sie ruhig höflich nach.

> **Unser Tipp:**
>
> **Lassen Sie Ihren Gesprächspartner immer ausreden. Seien Sie nicht besserwisserisch und korrigieren Sie ihn nicht einfach. Sollten Sie anderer Meinung sein als er, zeigen Sie für seine Ansicht zuerst Verständnis und bringen Sie dann höflich Ihre Gegenargumente. Sagen Sie z. B. nicht: „Das ist falsch, dass ein Realschüler diese Anforderungen nicht schafft“, sondern formulieren Sie es beispielsweise so: „Ihr Einwand, ..., ist verständlich, aber dennoch bin ich überzeugt, dass ich diese Aufgaben schaffen werde und Sie zufrieden stellen kann.“**

3. Schritt
Begründen Sie, warum dieser Ausbildungsberuf Sie interessiert.

4. Schritt
Legen Sie dar, warum gerade diese Firma interessant für Sie ist.

5. Schritt
Wenn Ihnen dazu Gelegenheit gegeben wird, stellen Sie Fragen, z.B. über das Unternehmen, die Ausbildung und auch über die Bewerbungsmodalitäten. Fragen Sie, welche Unterlagen Sie mitschicken (oder mitbringen) sollen. Fragen Sie nach eventuellen Tests.

6. Schritt
Beenden Sie das Gespräch positiv: Bedanken Sie sich für das persönliche, aufschlussreiche Gespräch. Sagen Sie zu, dass Sie Ihre Bewerbung mit den geforderten Unterlagen unmittelbar zuschicken werden (falls dies gewünscht wird).
Betonen Sie zum Schluss nochmals, dass Sie gern in der Firma ausgebildet würden und gern zum Vorstellungsgespräch kommen werden (oder würden).
Seien Sie aber auch dann höflich, wenn Sie nicht aufgefordert werden, Ihre Unterlagen zuzuschicken oder sich vorzustellen, und sogar dann, wenn Sie eine Absage erhalten. Oftmals fallen ja noch Bewerber aus, weil diese sich für einen anderen Betrieb entschieden haben, oder die Ausbildungsverhältnisse werden in der Probezeit von Ausbildungsbetrieb oder vom Auszubildenden selbst gelöst. Dann sucht das Unternehmen eventuell Nachrücker und vielleicht erinnert man sich noch positiv an Sie.

Komplett, fehlerfrei, sauber: Die schriftliche Bewerbung

Das Bewerbungsschreiben
Jetzt geht es an die Arbeit – Sie wollen Ihre Bewerbungsbriefe schreiben. Zugegeben, das kostet einige Mühe. Gehen Sie hierbei mit System vor, damit sich die Mühe auch lohnt ...
Ihr Bewerbungsschreiben sollte ganz natürlich sein, nicht künstlich aufgemotzt, aber auch nicht lieblos heruntergeschrieben. Übertreibungen und unbegrenztes Selbstlob sind dabei genauso fehl am Platze wie eine zu große Bescheidenheit. Das Bewer-

bungsschreiben verrät mehr über Ihre Person, als Sie zunächst vermuten. In jedem Falle kann man daraus erste Schlüsse ableiten, wie ernst Sie es mit Ihrer Bewerbung meinen.

Dementsprechend muss auch der Inhalt der Bewerbung sein: eine persönliche Darstellung, die es Ihrem künftigen Arbeitgeber ermöglicht, sich ein erstes Bild von Ihnen zu machen.

Standardisierte Anschreiben scheiden damit aus. Machen Sie daher keinen der folgenden Fehler:

Massenrundbriefe

Versenden Sie keine „Rundschreiben“, die für alle Betriebe gleich sind. Das erleichtert zwar Ihre Arbeit, ist jedoch wenig erfolgversprechend. Sie können nicht auf Besonderheiten des jeweiligen Unternehmens eingehen. Informieren Sie sich über das Unternehmen und schreiben Sie es dann gezielt an.

Musterbewerbungen

Schreiben Sie nicht einfach vorgegebene Bewerbungsanschreiben ab. Diese können weder Ihre persönlichen Voraussetzungen noch die individuellen Merkmale des Betriebes berücksichtigen. Denn: Wie können Sie mit einer Einheitsbewerbung dem Arbeitgeber zeigen, dass gerade Sie für seinen Betrieb der Richtige sind? Stellen Sie sich vor, Sie würden als Personalfachmann zahlreiche Bewerbungsbriefe erhalten und müßten immer wieder den gleichen Text lesen. Sie wüssten dann schon, aus welchem Buch diese Bewerbung abgeschrieben wurde ...

Unser Tipp:

Verwenden Sie nicht die im Schreibwarenhandel erhältlichen Bewerbungsmappen mit Vordrucken zum Ausfüllen für Bewerbungsanschreiben und Lebenslauf. Sie zeigen dem Arbeitgeber, daß Sie sich nicht zutrauen, Ihre Bewerbung selbstständig zu schreiben. Die Fähigkeit, selbstständig zu arbeiten, ist aber ein wesentliches Merkmal, das von Ihnen verlangt wird.

Im Folgenden werden die Form und der Aufbau eines erfolgversprechenden, persönlichen Bewerbungsschreibens erklärt.

Die Textbausteine auf Seite 39 ff. sollen Ihnen Denkanstöße für die Gestaltung individueller Bewer-

bungsschreiben geben. Ihre eigenen Merkmale können Sie unter „Mein persönliches Profil“ auf einem separaten Beiblatt zusammenstellen.
Ab Seite 47 finden Sie einige Musterbriefe für verschiedene Berufe. Sie geben Ihnen einen Eindruck, wie Ihr Anschreiben aussehen könnte. Zahlreiche Textbausteine können Sie alternativ verwenden.

Äußere Form

Ob es sich um einen kaufmännischen oder einen gewerblichen Beruf handelt: Das Anschreiben entscheidet, welchen ersten Eindruck der Ausbilder von Ihnen bekommt. Lassen Sie es deshalb nicht an der Form scheitern. Auch hier gibt es bestimmte Regeln, die ganz einfach sind:

- Verwenden Sie nur weißes DIN-A4-Papier.
- Nehmen Sie ein neues, einwandfreies Farbband für Schreibmaschine oder Drucker.
- Schreiben (bzw. unterschreiben) Sie mit Füllhalter oder dünnem Faserschreiber – dunkelblau – statt mit Kugelschreiber.
- Achten Sie auf Rechtschreibung, Ausdruck, Zeichensetzung und Grammatik. Ihr Brief muss fehlerfrei sein. Lassen sie ihn daraufhin von Eltern, Lehrern, Klassenkameraden, Freunden etc. prüfen. Man selbst überliest nämlich viele Fehler, die andere auf den ersten Blick entdecken.
- Wenn Sie Fehler finden, schreiben Sie den Brief neu; machen Sie keine Korrekturen durch Radieren, Streichungen, Überschreiben oder mit Tipp-Ex.
- Halten Sie sich an die vorgegebene Norm DIN 5008 für Geschäftsbriefe (siehe Seite 35) oder handschriftlich an die Vorgabe durch das Linienblatt (siehe Seite 34).
- Gliedern Sie den Text durch Absätze.
- Schreiben Sie nicht mehr als eine Seite (mit der Maschine) oder höchstens zwei Seiten mit der Hand.
- Achten Sie darauf, dass das Blatt keine Eselsohren, Knicke oder Flecken hat.

Exkurs: Rechtschreibreform

Generell gilt ja die neue Rechtschreibung ab 1998. Es besteht aber bis zum Jahr 2001 eine Übergangsregelung; bis dahin darf die alte Schreibweise in den Schulen nicht als falsch angestrichen werden.

Wie verfahren Sie nun in Ihrem Bewerbungsschreiben? Generell zeigen Sie, indem Sie die neue Rechtschreibung anwenden, dass Sie modern denken und innovationsfreudig sind. Diese Eigenschaft wird in Zukunft immer mehr von den Mitarbeitern gefordert werden. Die Entwicklungen, die technischen, kaufmännischen, medizinischen und anderen Neuerungen werden sich in immer kürzeren Abständen vollziehen. Die Auszubildenden und die Mitarbeiter der Zukunft müssen also in vermehrtem Maße anpassungsfähig und lernwillig sein. Zeigen Sie also,

Unser Tipp:

Machen Sie sich einen Durchschlag oder eine Kopie des Anschreibens, damit Sie es vor einem Vorstellungsgespräch noch einmal durchlesen können.

dass Sie über genau diese Eigenschaften verfügen, indem Sie sich der Rechtschreibreform nicht verschließen! Die Verfasser dieses Buches haben in zahlreichen Betrieben nachgefragt und vor allem von Großbetrieben ähnliche Antworten bekommen.

Wenn Sie sich dazu entschließen, diese Neuerungen aufzugreifen, empfehlen wir aber unbedingt den Vermerk (schräg in die rechte obere Ecke oder unter PS am Ende des Briefes) „Nach neuer Rechtschreibung“ oder „Neue Rechtschreibung“ zu bringen. Damit nicht ein in neuer Rechtschreibung noch nicht so kundiger Leser die neue Schreibweise als falsch ansieht.

Vor allem in Klein- und Handwerksbetrieben, in denen die Chefs gar keine Zeit haben, sich mit der neuen Rechtschreibung zu befassen, wird diese oftmals abgelehnt. Hier muss dieser Zusatz unbedingt erfolgen um mögliche Nachteile zu vermeiden.

In der Regel wird die Bewerbung mit der Maschine oder dem PC geschrieben. Bei kaufmännischen Berufen ist dies fast selbstverständlich.

Besteht diese Möglichkeit nicht, kann sie natürlich auch handschriftlich angefertigt werden. Für viele handwerkliche Berufe, aber auch zum Beispiel für Verkäufer und Handelsfachpacker ist dies durchaus möglich. Sie sollten aber in jedem Fall ein Linienblatt verwenden. Ein Blatt mit den wichtigsten Markierungen finden Sie auf der Seite 34. Am besten Sie kaufen sich im Schreibwarenhandel ein vorgedrucktes Linienblatt und übernehmen diese Zeilenvorgaben. Sollte die Zeilenanzahl für Ihren persönlichen Bewerbungstext nicht ausreichen, dann schreiben Sie auf einem zweiten Blatt weiter. In diesem Fall müssen Sie jedoch eine Seitennummerierung einfügen, und zwar folgendermaßen:

1. Blatt

2. Blatt

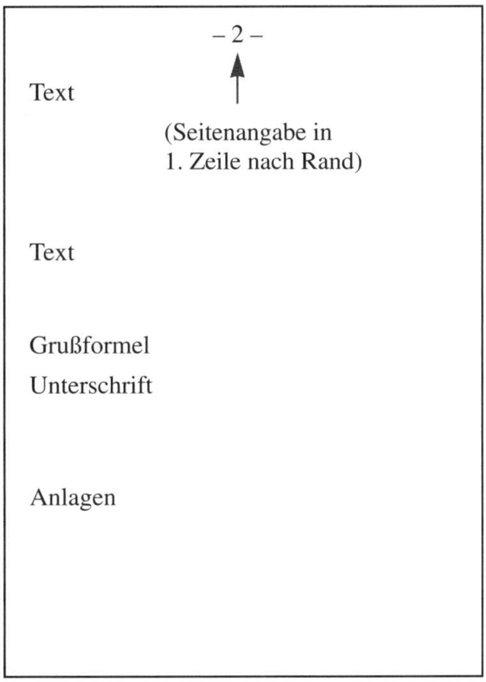

Linienblatt für handschriftliches Anschreiben

Absender

Ort/Datum

Anschrift

Bezugszeile(n)

Sehr geehrte Damen und Herren,

Ihr persönlicher Bewerbungstext

Mit freundlichen Grüßen

Unterschrift

Anlagen

Oberer Rand: 4 Leerzeilen

Rand rechts
ca. 1–2 cm
(Grad 70)

–
–
–
–

e Vorname, Name
Straße
PLZ Wohnort
Tel.:
(evtl. Telefax/e-mail/handy)

Datum (Monat ausgeschrieben)

Absenderangabe:
Vollständiger Absender oben links mit Telefon- und eventuell Faxnummer

Datum:
Grad 50 (ca. 12,5 cm vom linken Blattrand). Auf aktuelles Datum achten. Neben der ausgeschriebenen Form sieht die DIN 5008 neuerdings die internationale Schreibweise Jahr-Monat-Tag (mit Bindestrichen) vor; also: 98-12-05 oder 1998-07-28.

links –
4 cm –
10) –
–
–

ile Betrieb
Abt.: Ausbildung
Straße/Postfach
–
PLZ Ort
–
–
–
–

1 Empfängeranschrift:
Betrieb einsetzen.
In jedem Fall „Abt. Ausbildung“ oder „Personalabteilung“ schreiben, damit der Brief gleich dort ankommt, wo er hin soll.

Achtung: Die Anschrift muß in das Fenster des Briefumschlages passen, falls Sie einen solchen verwenden.

-25.) Bewerbung um einen Ausbildungsplatz als ...
Anzeige in der ... vom ...
–
–

2 Betreffzeile:
Hier schreiben Sie, worum es geht.
Bezugszeile:
Hinweise auf Informationen, die Sie zu der Bewerbung veranlasst haben.

28.) Sehr geehrte Damen und Herren,
–

3 Anrede:
Hier: allgemein.
Wenn Sie den Ansprechpartner kennen: Namen einsetzen.

Brieftext
Brieftext
Brieftext
–
Brieftext
Brieftext
Brieftext
Brieftext
–
Brieftext
Brieftext
Brieftext
Brieftext
–

Bewerbungsschreiben nach DIN 5008

4 Textblock:
Hier formulieren Sie Ihre Bewerbung.
Auf Leerzeilen zwischen Absätzen achten.

Mit freundlichen Grüßen

(Unterschrift per Hand)
(Unterschrift per Maschine/PC)
–
–
–
–
Anlagen:

Grußformel:
Nicht mehr „Hochachtungsvoll“, sondern in modernerer Form

(Anlagenvermerk eventuell auch hierhin, in Höhe der Grußformel, Grad 50, ca. 12,5 cm vom linken Blattrand)

5 Anlagen:
Aufzählung der Unterlagen, die der Bewerbung beigefügt sind

Erläuterung der Bestandteile eines normgerechten Briefes

1 **Empfängeranschrift:**

Bei kleineren Firmen wie Handwerks- und kleinen Einzelhandelsbetrieben sowie bei Freiberuflern (Ärzten, Steuerberatern, Anwälten, Notaren, Apothekern, Architekten) adressieren Sie den Brief an den Inhaber direkt. Nennen Sie auch eventuelle Titel. Beispiele:

MUSTERTEXT: Anschriften

Herrn Rechtsanwalt
Dr. jur. Gerd Wunsch
Birkenweg 12

34599 Neuental

Heizungs- u. Lüftungsbau
Kniese & Sohn OHG
Herrn Heinrich Kniese
Ringstr. 7

34599 Neuental

Schreiben Sie zum Beispiel an eine Anwaltskanzlei, so nennen Sie die Namen nicht (siehe folgende Beispiele, oben). Ist bei größeren Firmen in der Anzeige ein Ansprechpartner angegeben, nehmen Sie ihn auf (folgende Beispiele, Mitte), wenn nicht, adressieren Sie an die „Abt. Ausbildung“ oder die Personalabteilung (folgende Beispiele, unten). Achten Sie stets auf die genaue Firmenbezeichnung:

MUSTERTEXT: Anschriften

Anwaltskanzlei
Schelkmann u. Partner
Postfach 1122

34599 Neuental

BAVARIA
Objekt und Betreuung GmbH
Frau Scherzer
Hauptstr. 65

35008 Lohfelden

Volkswagenwerk AG
Personalabteilung
Postfach 3030

35001 Baunatal

Handelt es sich um einen Filialbetrieb oder eine Niederlassung, nehmen Sie diese Angaben als Zusatz auf (siehe folgende Beispiele, oben). Wenn Sie Ihre Bewerbung an öffentliche Einrichtungen oder Verwaltungen richten, verfahren Sie wie in dem Beispiel ganz unten:

MUSTERTEXT: Anschriften

XXX-Bank AG
Filiale Oberhof
Herrn Klein
Bing-Platz 4

18190 Oberhof

Kreiskrankenhaus Kassel
Personalabteilung
Postfach 1122

34500 Kassel

2 Betreff- und Bezugszeile:

Die Wörter „Bezug“ oder „Betreff“ entfallen. Nennen Sie den Grund Ihres Schreibens. Haben Sie schon eine telefonische Voranfrage gestellt oder ein Schreiben bekommen, so beziehen Sie sich in der zweiten Zeile darauf. Nennen Sie das Zeichen des Briefes. Sie können die Bezugszeile optisch durch „Fettdruck“ hervorheben. Beispiel:

MUSTERTEXT: Betreff+Bezug

Bewerbung um einen Ausbildungsplatz als Speditionskauffrau
Ihr Schreiben vom 12.01.96 –
Ihr Zeichen ms/ab

3 Anrede:

Nennen Sie den Namen (mit akademischem Titel), wenn Sie ihn kennen. Sonst verwenden Sie die allgemeine Anrede *„Sehr geehrte Damen und Herren,“*. Setzen Sie hinter die Anrede ein Komma und beginnen Sie den nachfolgenden Text klein.

4 Textblock:

Er sollte aus folgenden Textbausteinen bestehen:

- Bewerbungsaussage: Beziehen Sie sich auf eine Anzeige, telefonische Anfrage oder eine andere Information, aufgrund der Sie sich um einen Ausbildungsplatz bewerben.
- Grund der Bewerbung: Begründen Sie Ihren Berufswunsch und eventuell den Wunsch, warum Sie gerade in dieser Firma einen Ausbildungsplatz anstreben.
- Ihre Qualifikationen: Nennen Sie die Fähigkeiten, die Sie für diese Ausbildung mitbringen.

- Anlagen: Gehen Sie auf die beiliegenden Anlagen kurz ein. Begründen Sie beiliegende Bescheinigungen und bieten Sie gegebenenfalls weitere Zeugnisse an.
- Schlusssatz: Bitten Sie um die Einladung zum Vorstellungsgespräch, denn die ist schließlich das Ziel Ihrer Bewerbung.
- Grußformel mit Unterschrift: Schreiben Sie den Text *„Mit freundlichen Grüßen"*. Das *„Mit"* wird groß geschrieben, wenn der Schlußsatz beendet ist. Wenn Sie im Schlußsatz schreiben *„... und verbleibe"*, dann beginnen Sie die neue Zeile klein *„mit freundlichen ..."*.
  Lassen Sie danach ausreichend Platz für Ihre Unterschrift (Vor- und Zuname). Die handschriftliche Unterschrift wird mit der Maschine darunter wiederholt.

5 **Anlagen:**
Führen Sie die Anlagen (möglichst untereinander) auf.

Inhalt
Zu welchen Punkten Sie sich äußern sollten, erfahren Sie oben (unter „Textblock"). Beachten Sie daneben noch folgende generelle Hinweise zum Inhalt:

- Schreiben Sie kurze, einfache Sätze mit klaren Aussagen.
- Beginnen Sie neue Gedankengänge immer mit einem neuen Absatz.
- Wenn Sie sich auf eine Anzeige oder eine Broschüre bewerben, analysieren Sie zuerst deren Inhalt. Gehen Sie unbedingt auf die dort gemachten Aussagen ein.
- Kommen Sie sofort zur Sache ohne langatmige, nichts sagende Ausschweifungen zu machen.
- Vermeiden Sie Formulierungen im Konjunktiv, wie z. B. *„Hiermit möchte ich mich bewerben ..."* Der Leser kann darauf sagen „Dann machen Sie's doch ..." Besser ist hier die Formulierung: *„Ich bewerbe mich ..."*
- Begründen Sie, warum Sie gerade diesen Beruf und diesen Betrieb gewählt haben.
- Schreiben Sie unbedingt, was Sie zu bieten haben. Gemeint sind Ihre Hobbys (z. B. Datenverarbeitung o. Ä.), Ihre besonderen Neigungen und Fähigkeiten (z. B. Fremdsprachen, Werken, Technik, mit Kindern umgehen o. Ä.), Ihr Organisationstalent (z. B. Gruppenführer einer Jugendgruppe, Klassensprecher, Redakteur der Schülerzeitung o. Ä.), Ihr besonderes Wesen (z. B.

teamfähig: Gruppenarbeit macht mir besonders Spaß) oder Vergleichbares.

- Obwohl sie sich gut darstellen sollen, müssen Sie bei der Wahrheit bleiben. Plumpe Übertreibungen werden in der Regel schnell erkannt und erzeugen Misstrauen – Ehrlichkeit ist dagegen eine wichtige Voraussetzung. Sie sollen zwar gut sein, doch man erwartet nicht, daß die Ausbildungsplatzbewerber kleine Einsteins oder Nobelpreisträger sind.
- Versuchen Sie eventuelle schlechte Schulleistungen sinnvoll zu begründen. Denken Sie daran: Es klingt unglaubwürdig, wenn immer nur die Lehrer schuld sind. Zeigen Sie dagegen Kritikfähigkeit, indem Sie z. B. schreiben, dass Ihnen Fremdsprachen weniger liegen als Naturwissenschaften o. Ä.

Formulierungshilfen: Textbausteine
Jede Bewerbung hat ein bestimmtes „Strickmuster". Sie sollten aber nicht darauf verfallen irgendetwas abzuschreiben. Holen Sie sich immer nur Anregungen aus Musterbriefen, die Sie dann für sich persönlich umgestalten. So sind auch die folgenden Textbausteine zu verstehen. Schauen Sie, was man schreiben kann, wählen Sie etwas Passendes aus, das Sie für Ihre Situation abwandeln können, und stellen Sie es zu Ihrem persönlichen Brief zusammen.

Textbausteine: Einleitung

In der Einleitung sollten Sie knapp und präzise Ihr Anliegen formulieren. Gut ist, wenn Sie bereits hier Ihr besonderes Interesse an dem Beruf oder der Firma belegen können.

Bausteine	Erläuterungen
„zuerst bedanke ich mich herzlich für die Zusendung Ihrer Broschüre ‚TOTAL GENIAL – Ausbildung bei der …'. Gern würde ich zu den 20 Auszubildenden gehören, die Ihr Unternehmen nächstes Jahr einstellt. Daher bewerbe ich mich um einen Ausbildungsplatz zum 1. August 19…"	Bezug auf eine Broschüre oder Anzeige

→

Bausteine	Erläuterungen
„nach meinem Praktikum in der xx-Bank stand für mich fest, dass ich gern Bankkauffrau werden würde. Daher bewerbe ich mich ...“	Kommt mit einer nachvollziehbaren Begründung sofort zur Sache.
„während meines letzten Ferienjobs in Ihrer Firma konnte ich mir ein recht gutes Bild über den Betriebsablauf machen. Die moderne Technik hat mich so beeindruckt, dass ich gern den Beruf des Anlagenmechanikers oder Energieanlagenelektronikers lernen würde. Ich bewerbe mich daher als ...“	Bezug auf Ferienjob, Praktikum o. Ä.
„schon seit einiger Zeit helfe ich bei verschiedenen Nachbarn im Garten. Die Arbeit macht mir so viel Spaß, dass ich Gärtner werden möchte. Ich bewerbe mich ...“	Logische Begründung
„da meine Freundin mit der Ausbildung und dem Arbeitsklima in Ihrem Kaufhaus sehr zufrieden ist, möchte auch ich mich bei Ihnen als ... bewerben.“	Erkundigungen wurden eingezogen
„da ich gern ... werden möchte, empfahl mir mein Lehrer, Herr ..., mich in Ihrer Firma zu bewerben.“	Lehrer kennt Neigungen und Fähigkeiten
„mein Trainer, Herr ..., ist Meister in Ihrem Betrieb. In einem Gespräch teilte ich ihm meinen Berufswunsch mit. Da er mich als zuverlässigen und ehrgeizigen Menschen kennt, empfahl er mir, mich als ... bei Ihnen zu bewerben.“	Versuch, „Vitamin B“ (Beziehungen) einzusetzen

Bausteine	Erläuterungen
„vom Arbeitsamt erhielt ich Ihre Adresse"	Wenn kein anderer Bezug möglich ist, dann diesen wählen, da das Arbeitsamt nur Personen vermittelt, die es als geeignet für den jeweiligen Beruf ansieht.
„wie am ... um ... bei meinem Besuch in Ihrer Firma besprochen, sende ich Ihnen folgende Unterlagen ..."	Persönliche Anfrage ging voraus.
„am 24. September nahm ich an einer Betriebsbesichtigung teil, die mich sehr beeindruckt hat. Daher bewerbe ich mich zum ... bei Ihnen als ..."	Betriebsbesichtigung beweist Interesse
„aufgrund Ihrer Anzeige vom ... in der ... bewerbe ich mich hiermit ..."	Bezug auf Anzeige, kurz und sachlich
„nach einem Gespräch mit Ihrem Marktleiter, Herrn ..., in Borken bewerbe ich mich in Ihrer Firma zum 01. August 19.. um einen Ausbildungsplatz für den Beruf ‚Kaufmann im Groß- und Außenhandel'."	„Vitamin B"
„ich danke Ihnen nochmals für das freundliche Telefongespräch am ... und sende Ihnen hiermit meine Bewerbung für den Ausbildungsberuf ..."	Nach mündlicher Anfrage
„Wer aufgehört hat besser zu werden, der hat aufgehört gut zu sein. Ich möchte besser werden und in Ihrem Betrieb lernen."	Sehr individueller Stil, abgehoben von der Masse – der aber nicht immer gut ankommt.
„durch die mehrjährige Mitarbeit an der Schülerzeitung ‚LOGO' der xx-Schule in ..., verfüge ich über ..."	Kompetenzbegründung

Bausteine	Erläuterungen
„Mode ist mein Traum und den möchte ich zu meinem Beruf machen“	Begründung für Ausbildungsplatz in Mode-Boutique.
„schon als Bankkunde fand ich Gefallen an den Tätigkeiten der Bankkaufleute. Mein Interesse am Beruf ‚Bankkaufmann‘ wurde durch die mir zugesandte Broschüre ‚xxx‘ noch gesteigert“	Besonderes Interesse am Ausbildungsberuf
„während meines Praktikums bei der xy-Bank, haben mich die Tätigkeiten im Schalterbereich, der Kreditabteilung und der Wertpapierabteilung besonders interessiert.“	Besonderes Interesse an der Firma, mit Bezug auf Praktikum

Textbausteine: (Schulische) Ausbildung

Den Ausbilder interessiert, welche Schule Sie zur Zeit besuchen und welches Ziel Sie haben. Auch frühere Ausbildungen sagen etwas über Sie aus.

Bausteine	Erläuterungen
„Ich besuche zur Zeit das Berufsgrundbildungsjahr Holztechnik. Da mir die Ausbildung hier große Freude bereitet, würde ich danach gerne Tischler werden ...“	Bezug Schule – Ausbildungsberuf
„An der Berufsfachschule für Informationsverarbeitung habe ich pro Woche 8 Stunden Unterricht im Fach Datenverarbeitung und glaube deshalb, dass ich für einen kaufmännischen Beruf gute Grundlagen mitbringe.“	Gute Grundlagen in EDV oder andere Kenntnisse/Fertigkeiten

Bausteine	Erläuterungen
„Ich würde lieber praktisch arbeiten, als weiterhin die Schule zu besuchen. Daher werde ich das Gymnasium mit Abschluss der Klasse 10 verlassen. Ich habe seit der Klasse 7 freiwillig am Französisch-Unterricht und seit der Klasse 9 am Unterricht in Spanisch als dritte Fremdsprache teilgenommen. Deshalb glaube ich als Groß- und Außenhandelskauffrau gut einsetzbar zu sein ...“	Begründung für Schulabbruch
„Mit den Leistungsfächern Mathematik und Englisch habe ich nicht unbedingt einen leichten Weg zum Abitur gewählt. Deshalb reizt mich auch die Aufgabe, Bankkaufmann zu werden ...“	Selbstbewusstes Aufteten
„... glaube ich, dass meine guten Stenografie- und Phonokenntnisse eine solide Voraussetzung als Rechtsanwalts- und Notariatsgehilfin sein könnten .“	Spezifische Kenntnisse
„... habe ich schon ein zweiwöchiges Praktikum als Verkäufer absolviert. Das hat mir sehr gefallen ...“	Praktikum
„Ich nehme seit drei Jahren am Wahlunterricht in technischem Zeichnen teil und will gerne einen Beruf erlernen, der damit zusammenhängt ...“	Neigungen
„Erdkunde war für mich schon immer ein besonders interessantes Fach, deshalb möchte ich gerne einen Beruf des Tourismusbereiches erlernen ...“	Interesse für speziellen Beruf

Bausteine	Erläuterungen
„... hat mir meine Lehrerin dazu geraten, einen Pflegeberuf zu erlenen, weil ich mich in der Schule sehr um Mitschüler gekümmert habe, die Probleme hatten ...“	Lehrer kennt Neigungen und Fähigkeiten.
„Durch meine Ausbildung zur Fremdsprachensekretärin bringe ich besondere Qualifikationen für den Beruf des Exportkaufmanns mit ...“	Besondere Qualifikationen oder Schulformen für bestimmte Berufe hervorheben.

Textbausteine: Hobby/Freizeit

Wenn Ihre Freizeitgestaltung Ihr Interesse oder Ihre Eignung für Ihren Wunschberuf untermauert, sollten Sie diese unbedingt erwähnen.

Bausteine	Erläuterungen
„Ich nehme seit drei Jahren an einer Foto-AG der Schule teil und habe bei einem Foto-Wettbewerb der Stadt Alsfeld im Jahre 1995 den ersten Preis gewonnen. Ich möchte mein Hobby gerne zu meinem Beruf machen ...“	Erfolgreiche Ausübung des Hobbys
„Ich habe an mehreren Computer-Kursen teilgenommen und möchte in dieser Branche arbeiten ...“	Interesse an EDV als Begründung
„In den letzten drei Jahren war ich insgesamt viermal als Betreuerin einer Jugendgruppe des CVJM unterwegs (einmal im Ausland). Die Arbeit mit Kindern und Jugendlichen macht mir sehr viel Spaß ...“	Jugendbetreuug als Begründung für Wunsch, Kindergärtnerin zu werden

Bausteine	Erläuterungen
„In meiner Freizeit bin ich gerne mit anderen Menschen und Freunden zusammen. Ich spiele in einer Mannschaft Fußball und bin im Jugendchor aktiver Sänger. Ich denke deshalb, dass mir ein sozialer Beruf besonders liegen würde ...“	Soziales Engagement in der Freizeit
„Mein Mofa selbst zu reparieren gehört zu dem, was mir am meisten Spaß macht. Ich denke daher, daß ich mich für den Beruf des Kfz-Mechanikers gut eigne ...“	Technische Kenntnisse
„... helfe ich oft in der Massagepraxis meiner Mutter aus und würde gerne selbst einen medizinischen Hilfsberuf ergreifen ...“	Aushilfstätigkeit als Begründung
„Von Kindheit an bin ich mit meinen Eltern viel gereist und habe dabei ein besonderes Interesse für fremde Völker entwickelt. Deshalb würde ich gerne Reisebürokauffrau werden ...“	Neigungen durch Erziehung
„... war ich während meiner Zeit als Zivildienstleistender in der Altenpflege eingesetzt und möchte nun gerne eine Ausbildung als Krankenpfleger anschließen.“	Besondere Berufskenntnisse
„Ich lese häufig technische Bücher und bastle leidenschaftlich gern an meiner Modelleisenbahn.“	Technikbegeisterung

Textbausteine: Besondere Eigenschaften und Stärken

Auch ausgeprägte Eigenschaften und Stärken können für einen bestimmten Beruf qualifizieren.

Bausteine	Erläuterungen
„Da ich sehr kontaktfreudig bin, sehe ich meine Stärken in der Kundenbetreuung und -beratung."	Kontaktfreudigkeit als besondere persönliche Stärke
„Da ich gern diskutiere, sollte mir der Umgang mit Kunden besonders liegen."	Kontaktfreudigkeit
„Da ich überaus fingerfertig und genau bin, halte ich mich für den Beruf des Zahntechnikers gut geeignet."	Genauigkeit
„Mein sicherer Blick fürs Optische wird mir beim Erlernen des Goldschmiedehandwerks von Vorteil sein."	Guter Blick für optische Gestaltung
„Mein sensibles Gespür für die Bedürfnisse und Nöte meiner Mitmenschen wird mir bei der Ausbildung zur Altenpflegerin helfen."	Sensibilität für Belange der Mitmenschen

Diese Textbausteine sollten Ihnen Beispiele zeigen und Anregungen geben. Sammeln Sie Ihre persönlichen Stärken, Leistungen, Neigungen, Hobbys usw. auf einer Liste und entwickeln Sie Ihr persönliches Profil.

MUSTERBRIEF

Petra Viehmann
Mainweg 15
34577 Marburg/L.
Tel. 0 64 21/65 43 21

19.. - 03 -16

neue DIN-Norm

Steuerbüro Paul
Herrn Walter Paul
Bahnhofstr. 1

34577 Marburg/L.

Bewerbung um einen Ausbildungsplatz als Steuerfachangestellte
Unser Telefongespräch vom 15. März 19..

Sehr geehrter Herr Paul,

wie im o. g. Telefongespräch vereinbart, sende ich Ihnen hiermit meine Bewerbungsunterlagen. Ich möchte nochmals betonen, dass ich sehr gern am 1. August 19.. bei Ihnen als Auszubildende beginnen würde.

In der Berufsberatung habe ich mich eingehend über den Beruf „Steuerfachangestellte" informiert. Ich bin sicher, dass mir die Ausbildung und der Beruf Spaß machen werden.

Wie Sie aus beiliegenden Halbjahreszeugnissen der Berufsfachschule „Wirtschaft und Verwaltung" ersehen können, machen mir die Bürotätigkeiten besondere Freude. Beweis sind die guten Noten in den Fächern „Bürotechnik", „Schreibmaschine" und „DV". Das Lesen und die Anwendung von Gesetzestexten bereitet mir in der Schule ebenfalls keine Schwierigkeiten. Englisch ist nicht mein stärkstes Fach, doch denke ich, daß dies in einem steuerberatenden Beruf nicht im Vordergrund steht.

Für ein persönliches Vorstellungsgespräch stehe ich Ihnen nachmittags gern zur Verfügung.
Bis dahin verbleibe ich

mit freundlichen Grüßen

(Unterschrift per Hand)

Petra Viehmann

Anlagen:
2 Zeugniskopien
Lebenslauf mit Foto

MUSTER BRIEF

Michael Mühlhausen
Bergstraße 38
13355 Berlin
Tel.: 0 30/5 13 24 56

Berlin, 15. Juli 19..

herkömmliche Norm – auch noch möglich

Hobby-Markt
Preisi-GmbH & Co KG
Personalabteilung
Bergrutenpfad 30

13158 Berlin

Bewerbung um einen Ausbildungsplatz als Einzelhandelskaufmann

Sehr geehrte Damen und Herren,

zur Zeit besuche ich die Willy-Brandt-Schule in Berlin-Spandau. Mitte Juni des nächsten Jahres werde ich dort meinen Realschulabschluss erreichen. Danach würde ich gerne eine Ausbildung als Einzelhandelskaufmann bei Ihnen beginnen.

Während des vergangenen Schuljahres habe ich in einem zweiwöchigen Praktikum in einem Baumarkt zahlreiche Eindrücke über den beruflichen Alltag sammeln können. Ich kann mir sehr gut vorstellen in diesem Beruf zu arbeiten, weil ich auch privat sehr kontaktfreudig bin. Bei dem Beruf des Einzelhandelskaufmannes glaube ich eine gute Verbindung von Kundenberatungen und kaufmännischen Schreibtischtätigkeiten vorzufinden.

Da ich in meiner Freizeit gern bastele und auch im Fach Werken immer sehr gute Noten hatte, glaube ich, dass ich mich in die Warenkunde schnell einarbeiten kann.

Ich würde mich freuen, wenn ich mich persönlich bei Ihnen vorstellen dürfte.

Mit freundlichen Grüßen

(Unterschrift per Hand)

Michael Mühlhausen

Anlagen: Zeugniskopie Klasse 9
Lebenslauf mit Foto
Praktikumsbescheinigung

MUSTERBRIEF

Claudia Müller
Eichenweg 17
01217 Dresden
Tel.: 03 51/12 12 12

19.. - 08 - 17

Geldwert Bank AG
Filiale Dresden
Personalabteilung
An der Frauenkirche 1-4

01067 Dresden

Bewerbung um einen Ausbildungsplatz als Bankkauffrau zum 1. August 19..
Ihre Anzeige in der „Dresdner Morgenpost" vom 15.August 19..

Sehr geehrte Damen und Herren,

mit großem Interesse habe ich Ihre o. g. Anzeige gelesen. Da ich Bankkauffrau werden möchte, bewerbe ich mich hiermit um einen Ausbildungsplatz in Ihrer Bank zum 1. August 19... Zur Zeit besuche ich die Klasse 12 des hiesigen Humboldt-Gymnasiums – wie Sie den beigefügten Zeugnissen entnehmen können, mit recht gutem Erfolg.

Die in Ihrer Anzeige geforderten Eigenschaften bringe ich mit. So gelte ich als ausgesprochen kontaktfreudig und aufgeschlossen, was sicherlich in späteren Kundengesprächen von Vorteil sein wird. Dass ich strebsam und ausbildungswillig bin, zeigen neben meinen bisherigen schulischen Leistungen auch die mit Erfolg besuchten DV-Kurse „Windows 95" und „Word – Version 7.0". Im Team zu arbeiten macht mir schon in den Leistungskursen der Schule besonderen Spaß.

Schon zum zweiten Male habe ich am „Börsenspiel" der Sparkassen teilgenommen. Generell interessieren mich wirtschaftliche Fragen ganz besonders. Ich verfolge diese in der Tageszeitung, aber auch in verschiedenen Wirtschaftsmagazinen im Fernsehen.

Ich glaube schon, dass ich die Frau bin, die in Ihr junges, ehrgeiziges Team passt, und würde mich über eine Einladung zum persönlichen Gespräch ganz besonders freuen.

Mit freundlichen Grüßen

(Unterschrift per Hand)

Claudia Müller

Anlagen: 2 Zeugnisse der Klasse 11 (Kopien)
2 Bescheinigungen der VHS über DV-Kurse
tabellarischer Lebenslauf
Lichtbild

MUSTER BRIEF

Lisa Sandrock
Höfener Straße 20
90431 Nürnberg
Tel.: 09 11/1 23 44 45

Nürnberg, 25. Oktober 19..

Metallfabrik META-GmbH
– Personalleitung –
Hohlbeinstraße 18 – 22

90441 Nürnberg

Bewerbung um einen Ausbildungsplatz als Metallbauerin
Anzeige in den „Nürnberger Nachrichten" vom 21. Oktober 19..
Unser Telefongespräch vom 22. Oktober 19..

Sehr geehrte Damen und Herren,

ich nehme Bezug auf unser Telefongespräch vom 22. Oktober und die Anzeige in den „Nürnberger Nachrichten" und bewerbe ich mich bei Ihnen um einen Ausbildungsplatz als Metallbauerin zum 01. August 19... Nachdem ich im Juli dieses Jahres die Hauptschule mit dem Abschlusszeugnis verlassen habe, besuche ich auf Empfehlung des Arbeitsamtes zur Zeit das Berufsgrundbildungsjahr Metalltechnik an den Beruflichen Schulen Nürnberg.

Ich fühle mich in dieser Schulform sehr wohl, weil ich gerne praktisch arbeite. Auch in der Hauptschule war Werken schon immer mein Lieblingsfach. In meiner Freizeit bastele und repariere ich sehr gerne. In mehreren Berufsberatungen des Arbeitsamtes hat es sich bestätigt, dass ein praktischer Handwerksberuf für mich sehr geeignet wäre.

Nicht zuletzt wegen der räumlichen Nähe zu meinem Elternhaus würde ich sehr gerne eine Ausbildung bei Ihnen beginnen. Die notwendigen Bewerbungsunterlagen füge ich bei. Gerne würde ich mich bei Ihnen persönlich vorstellen.

Ich hoffe, dass ich eine Chance habe, obwohl Mädchen in diesem Beruf bisher sicher eher die Ausnahme sind.

Mit freundlichen Grüßen

(Unterschrift per Hand)

Lisa Sandrock

Anlagen:
Zeugniskopie Klasse 9
Lebenslauf mit Foto

MUSTER BRIEF

Kim Franke
Mainweg 16
34577 Marburg/Lahn
Tel: 06421/876 543

Marburg, 16. März 19..

Friseurstudio Kerstin
Frau Kerstin Becker
Bahnhofstr. 1a

34577 Marburg

Bewerbung um einen Ausbildungsplatz als Friseurin

Sehr geehrte Frau Becker,

Als Kundin habe ich die lockere und freundliche Art Ihrer Mitarbeiterinnen und Ihr schönes Studio bereits kennen gelernt. Die Arbeitsatmosphäre hat mir so gut gefallen, dass ich mich zum 1. August 19.. bei Ihnen als Auszubildende bewerben möchte, denn Friseurin war schon immer mein Wunschberuf.

Ich bin 17 Jahre alt und besuche zur Zeit das BGJ Körperpflege an den Beruflichen Schulen in Marburg. Da ich sehr kontaktfreudig bin, wird es mir nicht schwer fallen, mich in Ihr Team einzuarbeiten.

Es würde mich freuen, in Ihrem tollen Studio anfangen zu dürfen. Rufen Sie mich bitte an, wenn ich mich persönlich bei Ihnen vorstellen soll.

Bis dahin grüßt Sie freundlichst

Kim Franke

Anlagen: - Abschlusszeugnis Hauptschule
- Halbjahreszeugnis BGJ
- Lebenslauf mit Passfoto

MUSTERBRIEF

Helmut Zachert
Wipperweg 33
06122 Halle/Saale
Tel. 0345/12 34 77

Halle, 15. Januar 19..

Baugeschäft
Karl Horstmann KG
Weinbergweg 2

06120 Halle/Saale

Bewerbung als Maurer

Sehr geehrter Herr Horstmann,

nach Abschluss der Hauptschule im Juli nächsten Jahres würde ich gerne ab August eine Ausbildung als Maurer bei Ihnen beginnen.

Einige Ihrer Mitarbeiter und besonders Ihr Polier Herbert Fritz werden mich noch kennen, weil ich im letzten Jahr in den Sommerferien beim Bau des Einfamilienhauses meiner Eltern durch Ihre Firma als Handlanger geholfen habe. Herr Fritz hat mich damals auch ermuntert, Maurer zu werden und mich bei Ihnen zu bewerben.

Ich würde mich freuen, wenn Sie Interesse an mir hätten. Die Bewerbungsunterlagen füge ich bei.

Mit freundlichen Grüßen
Helmut Zachert

Anlagen: Zeugnis Klasse 9
Passfoto
handgeschriebener Lebenslauf

Mehr als Beiwerk: Die Bewerbungsunterlagen

Selbstverständlich müssen Sie die eventuell in einer Anzeige, einer Broschüre, im Telefon- oder persönlichen Gespräch geforderten Unterlagen mitschicken oder zum Vorstellungsgespräch mitbringen.
Sollten diesbezüglich keine besonderen Wünsche gemacht worden sein, dann gehören zu einer vollständigen Bewerbung neben dem Anschreiben folgende Unterlagen:

- ein Lebenslauf mit neuem Lichtbild (Passfoto),
- das letzte Schulzeugnis (Hinweis, dass Abschlusszeugnis nachgereicht wird),
- Bescheinigungen über Wehr- oder Zivildienst,
- Bescheinigungen über Praktika.

Bewerbungsfoto

„Ein Bild sagt mehr als 1000 Worte ...“ – ein Sprichwort, das Sie ernst nehmen sollten.
Untersuchungen haben belegt, dass man mit einem positiven Äußeren größeren beruflichen Erfolg hat. Sie müssen zwar nicht wie ein Filmstar aussehen, um einen Ausbildungsplatz zu bekommen, dennoch sollten Sie nicht denken, dass ein Foto ein unnützes Beiwerk ist, und halt irgendein (unvorteilhaftes) Bild von sich mitschicken.
Urlaubsfotos oder Automatenfotos sind daher fehl am Platze; erwartet wird ein Porträtfoto im Passbildformat. Gehen Sie zu einem Fotostudio und lassen Sie dort Bewerbungsfotos machen. Ein Profifotograf kennt das richtige Format und wird Sie auch sonst ins beste Licht setzen. Vielleicht gehen Sie vorher noch einmal zum Friseur.
Frisur und Kleidung sollten nicht übertrieben auffällig sein. Lediglich für Berufe in der Mode- oder Kosmetikbranche (wie zum Beispiel Friseurin, Verkäuferin/Einzelhandelskauffrau in einer Boutique) dürfen Sie auch etwas peppiger aussehen. Denken Sie daran: Ihr Foto soll ein möglichst gutes Bild von Ihnen abgeben. Auf die Rückseite des Fotos schreiben Sie Namen und Adresse.
Kleben Sie das Foto nicht auf, denn dann können Sie es schlecht nochmals für weitere Bewerbungen verwenden. Am besten, Sie befestigen es mit vier Fotoecken. Wohin kommt das Foto? Entweder auf den Lebenslauf in die rechte obere Ecke oder auf ein gesondertes weißes

DIN-A-4-Blatt. Auf Letzteres könnten Sie dann schreiben: *„Ihr neuer Auszubildender Klaus Schmitt?“* oder: *„Elke Kurz – passe ich in Ihr Team?“* oder Ähnliches.

Modern gestaltete Deckblätter
Das oberste Blatt Ihrer Bewerbungsunterlagen können Sie bspw. folgendermaßen gestalten:

Es stellt sich vor ...

(Foto)

Ab 01. August 19 ..

... Ihr neuer Azubi?

Klaus Schmitt
Bahnhofstraße 7
45925 Essen
Tel.: 0201/405060

(Foto)

Es bewirbt sich
bei Ihnen als Auszubildende
für den Beruf Bankkauffrau

Astrid Becker
Buchenstr. 5
34599 Neuental
Hotline: 06693/567

Passe ich ...

(Foto)

in Ihr Team?

Petra Viehmann
Mainweg 15
34577 Marburg
Tel.: 06421/654321

Lebenslauf

Der Lebenslauf gibt dem Ausbilder in Kurzform einen schnellen Überblick über Ihren bisherigen Werdegang. Früher wurden Lebensläufe handschriftlich verfasst. Heute hat sich die maschinen- oder PC-geschriebene Form durchgesetzt. Mit Ihrem Bewerbungsschreiben haben Sie ein erstes Interesse geweckt. Jetzt will Sie Ihr möglicher Ausbilder anhand Ihres Lebenslaufes näher kennen lernen. Damit wird Ihr Lebenslauf zu einem besonders wichtigen Bestandteil Ihrer Bewerbungsunterlagen. Geben Sie sich also beim Erstellen große Mühe:

- Formulieren Sie ihn optimal und fehlerfrei.
- Präsentieren Sie ihn in einer ansprechenden Form.
- Verfassen Sie ihn richtig, d. h. die Daten müssen mit denen der Zeugnisse und auch mit denen eines eventuellen Personalfragebogens übereinstimmen.
- Überlegen Sie genau, welche wichtigen Informationen Sie geben.

Die verschiedenen Arten

Es gibt den handgeschriebenen und den maschinen/PC-geschriebenen Lebenslauf.

Unser Tipp:

- **Auch wenn Sie sich mehrmals bewerben, dürfen Sie keine Kopien des Lebenslaufs versenden. Das macht einen schlechten Eindruck. Fertigen Sie einen Musterlebenslauf an und schreiben Sie ihn immer wieder ab. Wenn Sie einen PC besitzen, speichern Sie ihn; ansonsten heften Sie ihn in Ihrem Bewerbungsordner ab. Diese Version ist auch nützlich, denn Sie werden nach Ihrer Ausbildung noch öfter einen Lebenslauf schreiben müssen. Sie können den alten dann ergänzen, das spart später viel Arbeit.**
- **Achten Sie in der Spalte „Berufswunsch" darauf, dass Sie jeweils den richtigen Beruf einsetzen!**

Wenn Sie Ihre Bewerbung handschriftlich verfassen, tun Sie dies auch mit dem Lebenslauf. Bei einer maschinengeschriebenen Bewerbung können Sie auch Ihren Lebenslauf auf diese Weise abfassen, außer, wenn Sie ausdrücklich darum gebeten werden, ihn per Hand zu schreiben. Der handgeschriebene Lebenslauf wird für ein graphologisches Gutachten herangezogen. Schreiben Sie von daher möglichst flüssig, strei-

chen oder radieren Sie nicht; falls nötig, nochmals von vorn anfangen.
Man unterscheidet zwischen dem Lebenslauf in Aufsatzform und dem tabellarischen. Erstere (ältere) Form wählen Sie nur, wenn dies gefordert wird. Ansonsten erwartet man die tabellarische Form; sie ist für den Betrieb übersichtlicher.
Sollte ein Lebenslauf in Aufsatzform verlangt werden, empfiehlt es sich, unaufgefordert eine tabellarische Kurzversion (maschinengeschrieben) hinzuzufügen, da sie übersichtlicher ist und dem Personalleiter das Lesen erleichtert.
Sie können einen tabellarischen Lebenslauf auch in modernem Stil (Lay-out) schreiben (siehe das Beispiel auf Seite 60).

Bausteine

Der Lebenslauf besteht aus folgenden Bausteinen:

Bausteine	Erläuterungen
LEBENSLAUF	in Großbuchstaben oder fetter hervorgehoben links oben
Name:	Vor- und Nachname (eventuell Geburtsname)
Geburtsdatum:	vor einstellige Ziffern eine 0 z. B.: 05.08.1975
Geburtsort:	bei ausländischem Geburtsort: Ort und Land
Nationalität:	nur bei Ausländern oder ausländischem Namen – sonst entfällt diese Spalte
Wohnort:	Straße, PLZ, Ort, Telefon (Tel.)
Familienstand:	ledig/verheiratet
Eltern:	Mutter, Vater, mit Berufsbezeichnung
Schulausbildung:	lückenlose Aufstellung: zuerst Datum, danach Schule und Schulform

Bausteine	Erläuterungen
Voraussichtlicher Schulabschluss:	Monat, Jahr, Abschluss
Sprachkenntnisse:	nur wenn vorhanden, sonst entfällt diese Spalte
Praktikantentätigkeit:	nur wenn absolviert: Datum, Dauer, Betrieb
Ferienjob(s):	nur wenn absolviert: Datum, Dauer, Betrieb, Tätigkeit
Besondere Fähigkeiten/Kenntnisse:	Besondere Neigungen und Stärken (auch in Schulfächern), Zertifikate oder Kurse z. B.: EDV-Lehrgang o. Ä.
Führerschein:	wenn vorhanden (auch mehrere)
Wehr-/Ersatzdienst:	wenn schon absolviert: Dauer, Betrieb
Hobbys:	Sport, EDV, Musik o. Ä.
Berufswunsch:	muss mit dem im Bewerbungsschreiben genannten übereinstimmen
Datum und Unterschrift	unbedingt unterschreiben mit Vor- und Zuname; achten Sie auf das richtige Datum, wenn Sie Ihren Lebenslauf von einem Muster abschreiben!
Lichtbild	rechts oben platzieren; Foto mit Fotoecken befestigen. Lichtbild kann entfallen, falls extra Deckblatt angelegt wird (siehe Seite 54)

Zur Orientierung sehen Sie im Folgenden ein Muster für einen handschriftlichen Lebenslauf (zusammenhängend formuliert) und zwei Beispiele für einen maschinenschriftlichen (einen tabellarischen in klassischer Form und eine modernere tabellarische Variante).
Für den Letzteren gilt: innovativ *und* übersichtlich!

MUSTERTEXT

Karina Rockensüß
Birkenweg 15
34593 Neuental
Tel: 06693 1567

(Foto; falls nicht auf gesondertem Deckblatt)

Lebenslauf

Am 5. November 1978 wurde ich als Tochter des Schreiners Uwe Rockensüß und dessen Frau Heidi Rockensüß, geb. Schmitt, in Borken geboren.

Nach dem Besuch der Grundschule in Neuental wechselte ich im September 1989 zur Realschule Borken.
Von 1995 bis 1997 besuchte ich den Gymnasialzweig der Gesamtschule Fritzlar und wechselte von dort an die Fachoberschule Wirtschaft und Verwaltung an den Beruflichen Schulen Bad Wildungen.

Neben Kenntnissen in Schreibmaschine und Bürotechnik verfüge ich über fundierte Grundkenntnisse in EDV.
Hier habe ich gerade einen VHS-Lehrgang „Word 7.0" mit Zertifikat absolviert.

Im Juni 1998 werde ich voraussichtlich die Fachhochschulreifeprüfung ablegen. Danach möchte ich eine Ausbildung als Industriekauffrau beginnen.

Meine Hobbys sind Handball und Schwimmen.

Neuental, 12. Januar 1998 Karina Rockensüß

MUSTERTEXT

LEBENSLAUF

(Foto;
falls nicht auf
gesondertem
Deckblatt)

Name:	Karina Rockensüß
Geburtsdatum:	5. November 1978
Geburtsort:	Borken
Wohnort:	Birkenweg 15, 34599 Neuental, Tel.: 06693/567
Eltern:	Uwe Rockensüß, Schreiner Heidi Rockensüß, geb. Schmitt, Hausfrau
Schulausbildung:	September 1985 – August 1989: Grundschule Neuental September 1989 – Juli 1995: Realschule Borken August 1995 – Juli 1997: Gesamtschule Fritzlar (gymnasialer Zweig) ab August 1997: Berufliche Schulen Bad Wildungen (Fachoberschule Wirtschaft und Verwaltung)
Voraussichtlicher Schulabschluss:	Fachhochschulreife (Juni 1998)
Sprachkenntnisse:	Englisch: 10 Schuljahre Französisch: 3 Schuljahre
Praktikantentätigkeit:	von August 1997 bis Februar 1998: Panterwerke AG (Industriebetrieb) jeweils vier Wochentage, kaufmännische Tätigkeiten
Besondere Fähigkeiten/ Kenntnisse:	Schreibmaschine, Bürotechnik, DV-Grund- und Leistungskurs, Volkshochschul- lehrgang „Word 7.0“ mit Zertifikat
Führerschein:	Klasse 3
Hobbys:	Handball (Verein „SV Borken“), Schwimmen
Berufswunsch:	Industriekauffrau

Neuental, den 12. März 1998

(Unterschrift per Hand)

MUSTER TEXT

Lebenslauf

Persönliche Daten

■ Name	Schmitt	Foto siehe Deckblatt *(oder wenn Sie diese moderne Art des Deckblatts nicht wählen, kommt Ihr Foto hier hin)*
■ Vorname	Christina	
■ Wohnort	Buchenstr. 7, 34598 Borken	
■ Geburtsdatum/-ort	30.10.82 in Kassel	
■ Eltern	– Ingrid Schmitt, geb. Dönch, Verkäuferin/Hausfrau – Klaus Schmitt, Lokführer	
■ Familienstand	ledig	
■ Schule	z. Z. Fachoberschule Wirtschaft und Verwaltung, Klasse 11	

Schulbildung

Datum (von bis)	Schulen/Klassen
01.09.86 – 16.06.90	Grundschule Klassen 1 – 4 der Gustav-Heinemann-Schule in Neuental
05.08.90 – 20.07.96	Willy-Brandt-Schule in Borken – Realschule –
01.08.96 – Juli 1998	Berufliche Schulen Fritzlar, Fachoberschule Wirtschaft und Verwaltung
voraussichtlicher Abschluss	Fachhochschulreife

Besondere Interessen und Lieblingsfächer

■ Lieblingsfächer	Rechnungswesen, Datenverarbeitung, BWL
■ Kurse	Exel an der VHS, Windows 95 – Schule –, Programmierung in Computer-AG der Schule
■ Berufswunsch	Industriekauffrau

Hobbys

■ Schwimmen
■ Tanzen

Borken, den 11. 03. 98 (Unterschrift per Hand)

Zeugnisse

Ein wichtiger Bestandteil Ihrer Bewerbung sind natürlich Ihre Schulzeugnisse. Hier gilt: Versenden Sie nie Zeugnisoriginale, sondern nur Kopien. Diese müssen nur dann beglaubigt werden, wenn das ausdrücklich gewünscht wird. In diesem Fall können Sie sich Zeugniskopien von der Schule oder der Gemeinde- oder Stadtverwaltung, aber evtl. auch vom Pfarramt beglaubigen lassen.

Welche Zeugnisse Sie versenden, ist abhängig von Ihrem Ausbildungsstand. Besuchen Sie zur Zeit der Bewerbung eine Vollzeitschule, dann geben Sie das letzte Zeugnis ab. In der Regel ist dies das Versetzungszeugnis in die letzte Klasse. Wenn Sie sich vorher bewerben wollen, versenden Sie das Zwischenzeugnis und reichen Sie bei Bedarf das Versetzungszeugnis nach. Bewerben Sie sich erst ab Februar des Jahres, in dem Sie die Ausbildung beginnen wollen, senden Sie das Versetzungszeugnis und das letzte Halbjahreszeugnis. Ist eines von beiden wesentlich besser, so versenden Sie nur das bessere. Sie können dann das andere, wenn es noch gefordert werden sollte, nachreichen. Wenn Sie Ihre Schule schon beendet haben und z.B. Ihren Wehr- oder Ersatzdienst leisten, senden Sie nur das Abschlusszeugnis.

Nicht nur die Noten zählen: Gute Zeugnisnoten sind zwar nicht alles, aber ohne Noten, die für den angestrebten Beruf ausreichen, ist fast alles nichts ... – so einfach lässt sich zusammenfassen, welche Rolle die Zeugnisse bei Bewerbungen spielen. Abhängig von Ihrem Wunschberuf kann ein „Sehr gut“ in Werken unter Umständen stärker ins Gewicht fallen als ein „Mangelhaft“ in Englisch; es kann aber auch sein, daß ein „Gut“ in Englisch und Deutsch für den auszuübenden Beruf viel wichtiger ist als z. B. ein „Ausreichend“ in Biologie und ein „Mangelhaft“ in Chemie.

Gerade große und mittlere Betriebe vertrauen außerdem nicht blind auf Zeugnisnoten, sondern führen eigene Einstellungstests durch (siehe Seite 79 ff.).

Doch aufgepasst: Im Zeugnis stehen neben den Noten für die einzelnen Fächer auch andere Bewertungen. So kann man z. B. aus den Noten für Ordnung, Fleiß, Aufmerksamkeit, Arbeits- und Sozialverhalten ebenso wie aus den Fehlzeiten viel mehr darüber erfahren, ob die Noten erkämpft wurden oder einem vielleicht mehr in den Schoß gefallen sind.

Unser Tipp:

- Das Bewerbungszeugnis ist nicht das Abschlusszeugnis. Durchstarten muss man schon mindestens ein Jahr früher, damit das Zeugnis des vorletzten Schuljahres entsprechend gut aussieht.
- Längere Fehlzeiten (z. B. durch Krankheiten, Unfälle) am besten gleich im Bewerbungsschreiben erklären. Eine hohe Anzahl von Fehltagen kann nämlich entweder auf häufiges Schwänzen oder einen labilen Gesundheitszustand zurückzuführen sein. Nimmt man einen solchen Bewerber, wenn man die Wahl unter mehreren hat? Lenken Sie das Augenmerk des Ausbilders auf die positiven Seiten Ihres Zeugnisses.

Weitere Bescheinigungen

Sie können sich besondere Leistungen auch von der Schule bescheinigen lassen. Hinzugefügt werden können Zertifikate von freiwillig besuchten Kursen, wie z. B. EDV, Schreibmaschine. Diese können auch in Volkshochschulen oder anderen Bildungseinrichtungen erworben worden sein. Fortbildungskurse, Führerschein(e), Praktikumsbescheinigungen oder auch Bescheinigungen, dass Sie in den Ferien gejobbt haben, können ebenfalls positiv wirken, denn sie zeigen einen gewissen Leistungswillen.

Sollte Ihr Schulzeugnis wegen einer langen Krankheit oder eines Unfalls viele Fehltage ausweisen, kann mit einer Bescheinigung belegt werden, daß Sie nicht dauernd kränklich sind oder gar geschwänzt haben. Haben Sie wegen einer solchen Situation ein schlechteres Zeugnis erhalten, fügen Sie das vorhergehende Zeugnis bei und begründen Sie Ihren Leistungsabfall mit diesem Umstand. Ein weiterer Grund hierfür könnte zum Beispiel auch ein Umzug gewesen sein. Auch hier ist es besser, wenn Sie die schlechteren Noten mit einem Schulwechsel begründen, als nur das schlechte Zeugnis zu versenden. Weitere Gründe für einen Leistungsabfall könnten z. B. ein Todesfall in der Familie, die Ehescheidung der Eltern o. Ä. sein.

Die „Verpackung"

Einen guten Eindruck macht Ihre Bewerbung, wenn Sie die Unterlagen in einem im Schreibwarenhandel erhältlichen Ordner mit durchsichtigem Deckel abheften. Möglich sind aber auch so genannte Klemmschienen. (Sie können beide nach Rücksendungen wieder verwenden, wenn pfleglich damit umgegangen wurde.) Erstes Blatt ist Ihr Anschreiben oder das Deckblatt mit Foto, dahinter heften Sie nacheinander: Lebenslauf, Zeugnis, sonstige Bescheinigungen.

Da einem Bewerbungsschreiben eine Reihe von Unterlagen zugefügt werden müssen, reicht ein „normaler" Briefumschlag nicht aus. Sie sollten also einen DIN-C4- oder DIN-C5-Umschlag mit oder ohne Sichtfenster verwenden.

In DIN-C4 passt ein Hefter, bei DIN-C5 müssen Sie Ihre Unterlagen einmal falten.

Das Porto beträgt bei Druck des Buches in beiden Fällen für bis zu 500 g Gewicht DM 3,–. Frankieren Sie unbedingt ausreichend! Am besten, Sie lassen die Sendung bei der Post wiegen.

Wenn Sie sich an die DIN für Briefe halten, erscheint beim C5-Umschlag die Anschrift automatisch im Sichtfenster und braucht nicht extra geschrieben zu werden. Hat der Umschlag kein Sichtfenster, platzieren Sie die Anschrift natürlich weiter rechts als auf S. 66 im dritten Beispiel angedeutet. Bei einem DIN-gerechten Anschreiben können Sie auch einen C4-Umschlag mit Sichtfenster verwenden; hinter dem Transparentpapier erscheint ebenfalls automatisch die Anschrift. Schauen Sie sich hierzu Seite 65 an.

Doch bevor Sie die Unterlagen endgültig eintüten, machen Sie sicherheitshalber den Check „Bewerbungsversand" von Seite 67.

Unser Tipp:

- **Knicken Sie Ihre Bewerbungsunterlagen nicht öfter als einmal. Sonst „verknautschen" sie zu stark. Auch beim Umschlag auf das Äußere achten: Vermeiden Sie schief aufgeklebte Briefmarken oder kaum leserliche Beschriftungen.**
- **Verwenden Sie einen der empfohlenen Umschläge und keinen, in dem man auch Glückwunschkarten versendet. Das sieht professioneller aus.**

DIN-C4-Umschlag ohne Sichtfenster

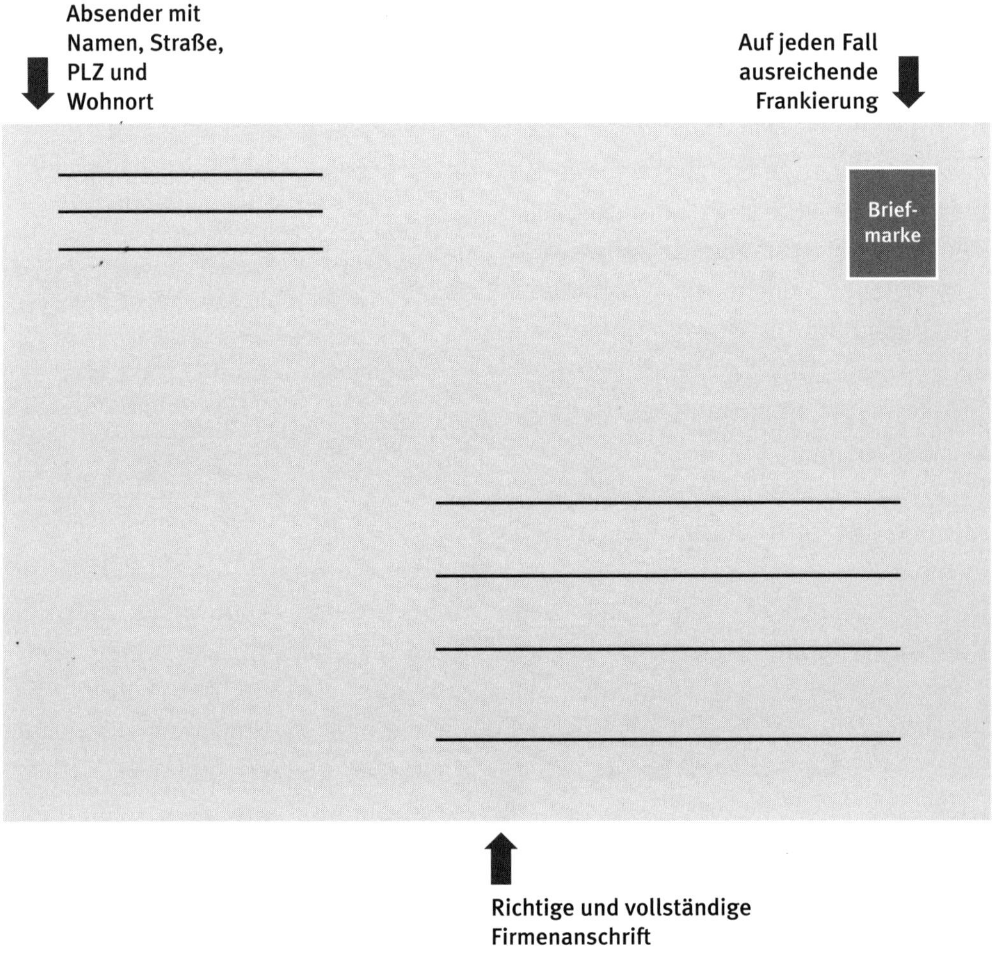

DIN-C4-Umschlag mit Sichtfenster

Auf jeden Fall ausreichende Frankierung

Im Sichtfenster erscheint die Anschrift vom Anschreiben

Der Absender steht auf der Rückseite (Name, Straße, PLZ, Wohnort)

DIN-C5-Umschlag (mit oder ohne Sichtfenster)

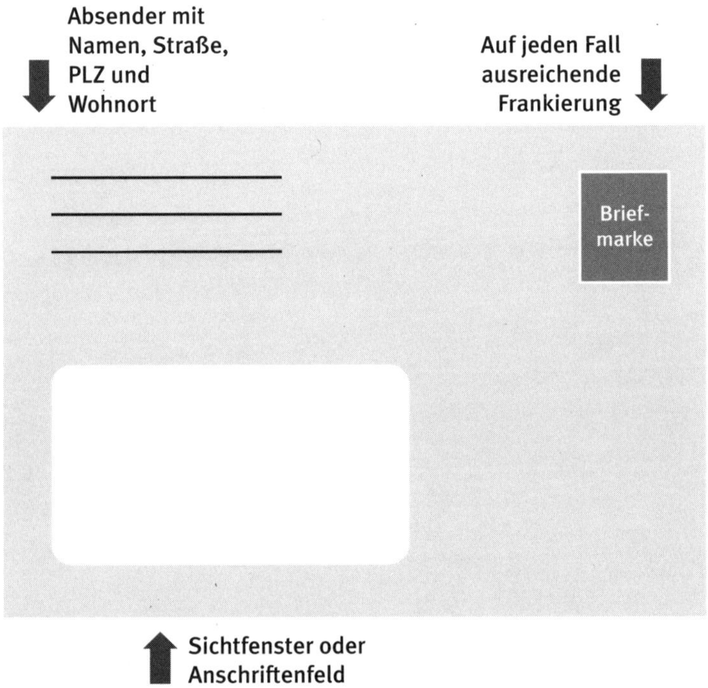

CHECK LISTE

Bewerbungsversand

Ab geht die Post – doch nicht ohne den letzten Check: Prüfen Sie mit folgender Liste unbedingt nochmals, ob Ihre Bewerbungsunterlagen auch vollständig sind. Haken Sie ab, was erledigt ist.

Anschreiben

- Absender vollständig (Name, Straße, PLZ, Ort, Telefonnummer)? ☐
- Adresse richtig (korrekte Firmenbezeichnung – zum Beispiel „GmbH &Co. KG" –, Ansprechpartner)? ☐
- Bezugszeile richtig? Richtige Berufsbezeichnung? ☐
- Anrede korrekt (persönlich bei bekanntem Ansprechpartner, sonst „Sehr geehrte Damen und Herren")? ☐
- Durchgelesen auf eventuelle Fehler? ☐
- Anschreiben unterschrieben? ☐
- Anlagen aufgeführt? ☐

Anlagen

- Lebenslauf (fehlerfrei, unterschrieben, mit aktuellen Daten versehen)? ☐
- Letztes Zwischen- und/oder Versetzungs- bzw. Abschlusszeugnis? ☐
- Eventuell weitere Zeugnisse (falls vom Empfänger gewünscht oder falls angebracht)? ☐
- Foto mit Anschrift auf der Rückseite (auf dem Lebenslauf oder auf besonderem Blatt)? ☐
- Weitere Bescheinigungen (hier eintragen): ☐
- Reihenfolge der Anlagen richtig (Lebenslauf, Zeugnis, Sonstiges)? ☐
- Anlagenanzahl entspricht der im Anschreiben genannten Zahl? ☐

Verpackung

- Bewerbungsbrief und Anlagen zusammengeheftet – Deckblatt/Anschreiben oben? ☐
- Firmenadresse auf Anschreiben und Briefumschlag identisch? ☐
- Absender auf dem Umschlag? ☐
- Brief ausreichend frankiert (im Zweifel: Post fragen)? ☐

Zum Schluss dieses Kapitels, in dem wir uns mit den verschiedenen Bewerbungsunterlagen befasst haben, noch zwei hilfreiche Checklisten – damit Sie nicht den Überblick verlieren, bei welchen Firmen Sie sich wann mit welchen Unterlagen beworben haben.

Hinweise zur Benutzung der „Bewerbungsübersicht“:

Da Sie sich in der Regel bei mehreren Firmen bewerben, sollten sie auf einem separaten Blatt eine Aufstellung machen, in die Sie fortlaufend mit Nummer alle von Ihnen angeschriebenen Betriebe eintragen. Diese Liste heften Sie in Ihren Bewerbungsordner ab, und zwar am Anfang der Rubrik „Schriftliche/Persönliche Bewerbung“. Die einzelnen Rubriken der Aufstellung zeigt das Beispiel unten.

Hinweise zur Benutzung der Checkliste „Bewerbungs-Check“:

Diese Aufstellung können Sie ebenfalls auf einem separaten Blatt Papier anlegen. Oder Sie vergrößern Seite 69 auf DIN A4. Machen Sie gleich mehrere Kopien, denn für jede Bewerbung benötigen Sie ein Blatt. Wenn Sie alle Daten eingetragen haben, fügen Sie das jeweilige Anschreiben hinzu. Diese Einzelblätter heften Sie in Ihrem Bewerbungsordner ab, und zwar hinter der zuvor erstellten „Bewerbungsübersicht“. Die Rubrik „Bewerbung Nr.“ enthält übrigens die entsprechende Nummer aus der Aufstellung „Bewerbungsübersicht“.

Bewerbungsübersicht

Nummer	Betrieb	Bewerbung zum/zur	Absendung am	Antwort am		
				Vorstellung	Zusage	Absage
1	Anwaltskanzlei Berger & Partner	Rechtsanwaltsgehilfin	15.01.19..	02.02.19..		12.02.19..
2	Steuerbüro Werner und Brandt	Steuerfachangestellte	15.01.19..	04.02.19..	13.02.19..	
3	...	...	...	...	...	...

CHECK LISTE

Bewerbungs-Check

Bewerbung Nr.

Firma

Straße

Ort

evtl. Kontaktperson

Bewerbung als ...

Telefon (evt. Durchwahl)

abgeschickt am ...

Unterlagen:

Zeugnisse Klasse (ankreuzen)	8/I	8/II	9/I	9/II	10/I	10/II	11/I	11/II	12/I	12/II	13/I	13/II

Passfoto	ja	nein	Lebenslauf	tabellarisch	handschriftlich

Sonstiges (z. B. Arbeitsproben, Referenzen etc.)

Wichtiges (z. B. persönliche Beziehungen, Empfehlungen, Termine usw.)

Nachhaken und Absagen „verdauen“

Geschafft: Die Bewerbungen sind glücklich auf den Weg gebracht. Jetzt heißt es abwarten – und vor allen Dingen sich durch erste Absagen nicht entmutigen zu lassen. Was Sie gegen den Frust tun können, wie Sie bei Arbeitgebern geschickt nachhaken und wie Sie die nächste Hürde – Eignungstests – überwinden, lesen Sie in diesem Kapitel.

Nachfragen: Wie ist der Stand?

Etwa vier Wochen Geduld muss man schon aufbringen, bis eine Nachricht von der Firma kommt. Hat man bis dahin noch nichts gehört, kann man sich schon mal nach dem Stand der Dinge erkundigen. Dies sollte aber keinesfalls wie eine Mahnung aussehen, sondern eine nette Anfrage sein. Auf keinen Fall sollte sie schriftlich erfolgen.

Telefontipps

1. Schritt (Möglichkeit 1)

Namen nennen , danach

„Guten Tag, kann ich bitte mit Herrn/Frau ... sprechen? Es geht um meine Bewerbung bei Ihnen vom ...“

Wenn Sie keinen Namen eines möglichen Ansprechpartners wissen, bitten Sie einfach darum, mit der Personalabteilung verbunden zu werden. Setzen Sie danach das Gespräch zum Beispiel wie folgt fort:

„Guten Tag, ich habe mich bei Ihnen als Auszubildender beworben und möchte gerne mit dem zuständigen Sachbearbeiter sprechen.“

1. Schritt (Möglichkeit 2)
Namen nennen , danach:
„Guten Tag, ich habe mich bei Ihnen am ... als ... beworben.“
Eventuelle Ergänzung:
„ ... und nahm am Auswahlverfahren vom ... teil.“
„ ... und habe mich am ... bei Ihnen vorgestellt.“
„Ich bin sehr gespannt auf Ihre Antwort. Sie werden sicher verstehen, dass es für mich sehr wichtig ist, etwas über meine Chancen zu erfahren.“
Die Antwort(en) schreiben Sie mit (in Stichworten). Dazu vorher Block und Stift bereit legen.

2. Schritt
Eventuell weitere Fragen:
a) Auswahl läuft noch:
„Bis wann ist mit einer Entscheidung zu rechnen?“
b) Man ist nicht ausgewählt worden:
„Es wäre hilfreich für mich, die Gründe für die Ablehnung zu erfahren. Vielleicht kann ich für weitere Bewerbungen etwas lernen.“

3. Schritt
Gespräch freundlich beenden:
a) „Gut, dann warte ich auf Ihre Nachricht. Vielen Dank, auf Wiederhören.“
b) „Vielen Dank für Ihre Auskunft. Bitte senden Sie mir meine Unterlagen zurück.“

Reagieren: Was tun bei Terminüberschneidungen?

Suchen Sie eine plausible Erklärung, dass Sie diesen Termin nicht oder nur unter ganz schwierigen Umständen wahrnehmen können. Rufen Sie sofort an und besprechen Sie das Problem. Bitten Sie um eine Terminverlegung. Nehmen Sie beim Ge-

Unser Tipp:

Wenn es sich vermeiden lässt, sollte eine Bitte um Terminverschiebung nicht unbedingt darauf hinweisen, dass Sie an diesem Tag einen Termin bei einer anderen Firma haben. Vielleicht schreiben Sie ja eine wichtige Klassenarbeit, haben Führerscheinprüfung, sind auf Klassenfahrt ...?

spräch Ihren „Termincheck“ (siehe unten) für die Vereinbarung eines neuen Termins zur Hand. (Nützliche Tipps für den Gesprächsablauf finden Sie auf Seite 73.)

Den „Termincheck“ legen Sie auf einem separaten Blatt Papier als Tabelle an. Tragen Sie hier alle wichtigen persönlichen Termine ein, die mit Ihren Bewerbungen zusammenhängen. Nur so können Sie Überschneidungen rechtzeitig erkennen und entsprechend handeln. Außerdem behalten Sie den Überblick über anstehende Termine.

Kopieren Sie diese Liste vor der ersten Nutzung für jeden Monat und heften Sie sie vorne in Ihren Bewerbungsordner. Der Ordner sollte griffbereit in der Nähe des Telefons liegen.

Termincheck

Monat					
Datum	Wochentag	Uhrzeit	Termin bei ...	Grund	Bestätigung am ...
01					
02					
03					
04					
05					
06					
07					
08					
09					
10					
⋮					
29					
30					
31					

Telefontipps

1. Schritt

Namen nennen, danach:
„Guten Tag, kann ich bitte Herrn/Frau ... sprechen?"
(Name steht in der Einladung; eventuell auch direkt durchwählen.)

2. Schritt

Wenn der Zuständige nicht greifbar ist (Besprechung, Urlaub, heute nicht im Hause o. Ä.):
„Ich habe einen Vorstellungstermin bei Ihnen bekommen, den ich leider nicht wahrnehmen kann. Wann kann ich Herrn/Frau ... am besten erreichen oder mit wem kann ich sonst einen anderen Termin vereinbaren?"
Wenn der Zuständige am Telefon ist:
Namen nennen, danach:
„Guten Tag. Ich habe mich sehr darüber gefreut, dass Sie mich zu einem Vorstellungsgespräch am ... eingeladen haben. Leider schreibe ich an diesem Tag eine wichtige Klassenarbeit, die ich nicht versäumen möchte. Ist es möglich den Termin bei Ihnen zu verschieben?"

3. Schritt

Wenn eine Terminverschiebung möglich ist, den genannten Termin sofort prüfen und zustimmen oder begründet ablehnen (Begründung dann ähnlich wie in Schritt 2).
Wenn eine Terminverschiebung nicht möglich ist:
„Schade, dass es nicht geht. Ich muss nun wohl überlegen, was ich jetzt tue. Ich rufe Sie noch einmal an, nachdem ich mit meinem Lehrer darüber gesprochen habe, ob ich bei der Klassenarbeit fehlen darf oder nicht."

4. Schritt

Gespräch freundlich beenden:
„Vielen Dank, auf Wiederhören!"

Frust überwinden: Aus Absagen lernen

„Mit diesem Schreiben erhalten Sie Ihre Bewerbungsunterlagen zurück. Für die kommende Einstellungsphase haben wir alle Ausbildungsplätze besetzt. Für Ihr Interesse ..."

Jetzt hat es auch Sie erwischt. Die erste oder gar mehrere Absagen flattern ins Haus ...
Natürlich sind Sie erst einmal enttäuscht. Sie ärgern sich, denn Sie hätten diesen Ausbildungsplatz gern gehabt. Doch das gleich vorweg: Sie stehen nicht allein da. Tausende von

Absagen werden in dieser Zeit verschickt und die meisten Azubis haben vor einer Zusage auch mehr oder weniger zahlreiche Absagen bekommen. Und dann hat es doch noch geklappt.
Verfahren Sie also nach der Devise: „Neues Spiel – Neues Glück.“ Und dieses Glück brauchen Sie auch. Denn bei der Vielzahl von Bewerbern sind es nicht nur fachliche Gründe, sondern auch ein Quentchen Glück, das zum Erfolg führt. Und warum soll es Ihnen nicht auch bald hold sein?
Dieses Bewerbungsbuch lässt Sie auch jetzt nicht „im Regen stehen“, es hilft Ihnen, wenn Sie folgende Ratschläge beachten:

Stress-Killer
Verdauen Sie erst einmal die Enttäuschung, indem Sie irgendetwas Schönes unternehmen, das Sie ablenkt: Gehen Sie in die Disco, klönen Sie mit Freunden, vertrauen Sie sich einer nahestehenden Person an, gehen Sie in Ihren Verein, ins Schwimmbad ... und vergessen Sie Ihren ersten Ärger.

Neuaufbau
Bauen Sie sich am nächsten Tag wieder auf: Sie sind nicht schwächer als Ihre Mitbewerber. Vielleicht lag es

- an der zu großen Zahl der Bewerber und Sie sind knapp am Ziel vorbeigefahren,
- an persönlichen Beziehungen, die Ihre Mitbewerber hatten,
- einfach am fehlenden Quäntchen Glück,
- oder vielleicht auch an Ihnen – haben Sie tatsächlich Ihr Bestes gegeben?

Dies sollten Sie überprüfen.

Analyse
Wenn etwas nicht nach Plan gelaufen ist, muss man es kritisch überdenken, analysieren. Das heißt, es müssen alle Aktivitäten auf eventuelle Fehler überprüft werden. Diese Fehler müssen künftig vermieden werden; und man muss prüfen, wo man noch etwas besser machen kann. Sie kennen das sicherlich aus dem Sport. Hier sagt der Trainer, wenn es nicht gut gelaufen ist: „Wir müssen das Spiel analysieren, unsere Fehler abstellen, dann wird es beim nächsten Mal wieder besser ...“
Gehen Sie bei Ihrer Analyse nach dem folgenden Fragenkatalog vor (Sie müssen dabei aber selbstkritisch und ehrlich sein, denn nur dann können Sie erfolgreicher werden):

Frage 1: *Habe ich mir wirklich größte Mühe bei der Bewerbung gegeben?*

Meine Antwort:

Ja | Nein →

Das soll Ihnen nicht mehr passieren. Lesen Sie die einzelnen Kapitel dieses Buches noch einmal durch, halten Sie sich an die Vorgaben und Tipps und versuchen Sie es noch mal. Denn Sie wollen doch erfolgreich sein. Verlieren Sie keine Zeit, handeln Sie sofort.

Frage 2: *Kam die Absage aufgrund einer mündlichen/telefonischen Bewerbung?*

Meine Antwort:

Ja | Nein →

Gehen Sie weiter zu Frage 4.

Frage 3: *Haben Sie sich mit unseren Tipps „Telefonische Bewerbung" vorbereitet und sind Sie auch danach vorgegangen?*

Meine Antwort:

Ja | Nein →

Bereiten Sie Ihr nächstes Gespräch anhand der Hinweise auf Seite 26ff. vor. Noch besser als „Trockenübungen" auch hier: das Durchspielen von Gesprächen mit einem Freund, Elternteil oder Bekannten.

Arbeiten Sie die Seiten 26 ff. nochmals genau durch. Üben Sie ein kommendes Gespräch mit einem Freund, Elternteil oder Bekannten. Üben Sie die Fragen, die Sie stellen wollen. Üben Sie daneben auch Antworten auf mögliche Fragen des Gesprächspartners.

Frage 4: *Kam die Absage aufgrund Ihrer schriftlichen Bewerbung?*

Meine Antwort:

Nein → Weiter mit Frage 6

Ja →

- Überprüfen Sie anhand der Checkliste auf Seite 67, ob Ihre Bewerbungsunterlagen komplett waren.
- Überarbeiten Sie Ihr Anschreiben (Seite 29 ff.), lassen Sie es von einer anderen Person (Lehrer, Mitschüler, Eltern) kritisch durchlesen.
- Haben Sie sich beim Lebenslauf an die Tipps auf Seite 55 ff. gehalten?
- Haben Sie sich bei dem Foto an die Tipps auf Seite 53 f. gehalten?
- War die äußere Form ordentlich und haben Sie den Brief richtig frankiert?
- Versuchen Sie es eventuell mit einem ganz oder teilweise veränderten Text. Schreiben Sie weitere Adressen an.

Gehen Sie anschließend zu Frage 5.

Frage 5: ***Haben Sie schon mehrere Absagen auf Ihre Bewerbung erhalten?***

Meine Antwort:

Nein | **Ja** →

- Überprüfen Sie kritisch, ob Sie sich für einen Ausbildungsberuf entschieden haben, der ein typischer Modeberuf ist. Hier ist die Konkurrenz sehr groß.
- Fragen Sie doch einmal beim Arbeitsamt nach, ob für den von Ihnen gewählten Beruf momentan die Nachfrage nicht zu groß ist oder ob für diesen Beruf ein höherer Schulabschluss gefordert wird.

Trifft eins von beiden zu, überlegen Sie doch einmal mit dem Ausbildungsberater des Arbeitsamtes, ob Sie nicht einen anderen Beruf finden, in dem Sie größere Chancen haben.

Nein → Setzen Sie Ihre Bewerbungen fort. Beachten Sie aber die Ratschläge im Ja-Feld der Antwort 4.

Frage 6: ***Erhielten Sie Ihre Absage nach einem Einstellungstest?***

Meine Antwort:

Nein ↓ | **Ja** →

Sie müssen sich weiter bewerben und auf weitere Einladungen zu Tests warten. Bereiten Sie sich mit einem Testtrainer möglichst noch intensiver darauf vor.

Frage 7: ***Erhielten Sie Ihre Absage nach einem Vorstellungsgespräch?***

Meine Antwort:

Ja → Schade, Sie hatten den Fuß schon in der Tür. Bereiten Sie sich intensiv auf das nächste Vorstellungsgespräch vor, üben Sie es vorab. Siehe hierzu die Tipps auf Seite 92 ff.

Nein → Wenn Sie auch hier mit „Nein“ antworten, haben Sie eine Frage falsch beantwortet. Beginnen Sie nochmals mit Frage 1 auf Seite 75.

Wenn Sie trotz aller Bemühungen noch keinen Ausbildungsplatz gefunden haben, melden sie sich über Ihre Schule oder direkt an einer weiterführenden beruflichen Schulform (z. B. BGJ, Handelsschule, Berufsfachschule, Fachoberschule o. Ä.) an.

Sprechen Sie auch möglichst bald mit dem Mitarbeiter des Arbeitsamtes, vielleicht gibt es geförderte Beschäftigungsgesellschaften, bei denen Sie eine Ausbildung machen können.

Fragen Sie des Weiteren Mitschüler und Bekannte, die einen Ausbildungsplatz bekommen haben, ob Sie eventuell eine andere Zusage nicht angenommen haben. Bei dieser Firma könnten Sie es dann umgehend versuchen.

Auch nach Ausbildungsbeginn werden immer wieder Ausbildungsplätze frei, z. B. wenn jemand während der Probezeit aus gesundheitlichen oder anderen Gründen ausscheidet. Erfahren Sie von einem solchen Fall, können Sie eine eventuell begonnene schulische Vollzeitausbildung jederzeit wieder beenden und in eine betriebliche Ausbildung wechseln.

Gelassen angehen: Tests

In deutschen Unternehmen, die bei Bewerbungen die drei Kriterien Bewerbungsunterlagen, Vorstellungsgespräch und Test(s) zurate ziehen, gilt nach einer Untersuchung folgendes Verhältnis: Eine Einstellung wird im Durchschnitt zu zirka 15 Prozent vom Bewerbungsschreiben, zu zirka 38 Prozent vom Einstellungstest und zu zirka 47 Prozent vom Bewerbungsgespräch abhängen.

In der Bewerbungsphase werden Sie immer das Gefühl haben, dass die nächste Hürde die höchste ist. Das begann beim Bewerbungsschreiben, beim Telefonieren mit den Betrieben und wird bei der Einladung zu einem Einstellungs- oder Auswahltest nicht anders sein.

Doch Kopf hoch und nicht den Mut verlieren: Wenn Sie nämlich zum Auswahltest eingeladen werden, dann haben Sie schon ein paar Hürden genommen. Ihre Unterlagen und das Vorstellungsgespräch – sofern es bereits erfolgt ist – waren überzeugend, man interessiert sich ernsthaft für Sie. Herzlichen Glückwunsch!

Wozu eigentlich Tests?

Mit Hilfe von Eignungstests wollen die Ausbildungsbetriebe unter der Vielzahl der Bewerber die geeignetsten ermitteln. Doch Sie fragen sich vielleicht, warum nicht die Bewerbungsunterlagen und das persönliche Gespräch ausreichen, um sich für einen Kandidaten zu entscheiden. Die Unternehmen haben jedoch für solche Tests einige gute Gründe:

- Es lassen sich Ihr Wissen und Ihre Fähigkeiten in den Bereichen ermitteln, die für den speziellen Betrieb besonders wichtig sind.

- Das Unternehmen erfährt, welche allgemeinen Kenntnisse Sie haben, wie Sie sich (anderen gegenüber) verhalten, wie belastbar Sie sind (man setzt Sie nämlich im Zuge der Testverfahren unter Termindruck) und wie hoch Ihre Leistungsfähigkeit ist.
- Schulnoten verschiedener Bewerber zu vergleichen ist oft nicht ganz einfach, denn die Schulsysteme variieren, Lehrer beurteilen unterschiedlich etc. Mithilfe der Tests werden die Leistungen der Bewerber vergleichbar gemacht.
- Tests haben einen Ausgleichseffekt: Wer keine guten Schulnoten vorweisen kann, vermag dieses Manko durch gute Testergebnisse auszugleichen.
- Es ist einfach anhand der Testergebnisse eine Rangfolge der Bewerber aufzustellen.
- Vor allem bei Tests mit vielen Multiplechoicefragen nimmt die Auswertung nicht viel Zeit in Anspruch. Eine große Anzahl von Kandidaten kann also schnell und kostengünstig miteinander verglichen werden.
- Auch für die Selbstdarstellung des Unternehmens spielen Tests eine Rolle: Mit diesen Auswahlverfahren gibt es sich fortschrittlich, objektiv und wissenschaftlich. Dem Bewerber wird vermittelt: Bei uns geht es fair zu. Und gegen den innerbetrieblichen Vorwurf einer eventuellen Parteinahme ist der Betrieb auf diese Weise auch bestens gerüstet: Die Auswertung der Tests belegt eindeutig, warum ein Kandidat (nicht) genommen wurde.

Welche Arten von Tests gibt es?

Wie sehen sie nun aus, die gefürchteten Einstellungstests? Generell kann man hier keine verbindlichen Aussagen machen, denn je nach Firma/Behörde beziehungsweise angestrebtem Beruf gibt es sehr viele verschiedenartige Tests und Aufgabenstellungen. Einzelne Fragearten aus bestimmten Wissensgebieten tauchen jedoch immer wieder auf.

Generell lassen sich folgende Arten von Tests unterscheiden:

- Tests, die die schulischen Leistungen wie auch die Allgemeinbildung prüfen,
- Leistungstests, die bestimmte Kenntnisse und Fähigkeiten prüfen (so genannte Intelligenztests),

- psychologische Tests (so genannte Persönlichkeitstests bzw. Assessment-Center).

Die zuletzt genannte Kategorie zielt auf die Psyche des Bewerbers ab: Man möchte sich einen Eindruck von Ihrer Persönlichkeit und Ihrem Charakter verschaffen. Die Prüfer wollen erkennen, ob Sie für den Beruf geeignet sind und ob Sie ins Unternehmen bzw. ins Team passen etc.
Mit den beiden ersten Kategorien, den Leistungstests, will man bestimmte Kenntnisse und Fähigkeiten prüfen. Die Unternehmen erfahren durch diese Verfahren außerdem, wie geschickt, stressempfindlich, belastbar, konzentrationsfähig Sie sind und wie Sie Ihre Intelligenz einsetzen. Und es geht in den Leistungstests um Ihr erworbenes Schulwissen: Man prüft mit speziellen Fragen Ihre Kenntnisse in Fächern wie Deutsch, Mathematik, Chemie, und Physik, denn einiges davon werden Sie in Ihrem späteren Beruf benötigen. Spezielle Tests untersuchen außerdem Ihre Allgemeinbildung in den Bereichen wie Wirtschaft, Politik, Geographie, Geschichte und Kultur. Denn die Unternehmen wünschen sich aufgeschlossene, am aktuellen Tagesgeschehen interessierte Mitarbeiter, die souverän die verschiedensten Gesprächssituationen meistern und auch in der Lage sind, mit Kunden, Lieferanten, Kollegen ein wenig Smalltalk zu betreiben.
Die folgenden Seiten zeigen beispielhaft die verschiedenen Testarten und -inhalte, mit denen Sie konfrontiert werden können.

Deutsch/Mathematik
In nahezu allen Tests werden Sie mit einem Deutsch- und einem Rechentest konfrontiert.
In Deutsch werden Sie sich mit den üblichen Stolpersteinen unserer Rechtschreibung auseinandersetzen müssen. Groß oder klein, „d“ oder „t“, „wider“ oder „wieder“, „lich“ oder „lig“, zwei oder drei Mitlaute, Komma oder nicht ... sind beliebte Fragen. Dies kann dann zum Beispiel so aussehen:

1) Welche Schreibweise ist richtig?
a) unendgeltlich
b) unentgeldlich
c) unendgeldlich
d) unentgeltlich

Eine Wiederholung der Rechtschreibregeln macht sich sicherlich durch

weniger Fehler bezahlt. Hier kann man mit einem geeigneten Testvorbereitungsbuch intensiv üben.
Bei den handwerklichen Berufen geht es im Rechnen oft um Dezimal- und Bruchrechnung. Einige Beispiele aus Einstellungstests:

2) 123345 - 28 - 3129 - 56798 =
3) 6723 - _______ = 3498
4) 0,015 : 0,3 =
5) $4\,^{3}/_{7} - 3\,^{4}/_{5} =$
6) $3\,^{1}/_{2} : 5\,^{1}/_{3} =$

Bei Tests für kaufmännische Berufe werden auch schwierigere Aufgaben – etwa Dreisätze und zusammengesetzte Dreisätze – gestellt:

7) Mit 20 Maschinen können in 5 Tagen zu je 8 Arbeitsstunden 10500 Werkstücke hergestellt werden. Wie viele Werkstücke können in 6 Tagen zu je 7 Arbeitsstunden mit nur 12 Maschinen hergestellt werden?

Oft trifft man auf Prozentrechnung (auch vom verminderten bzw. vermehrten Grundwert) und Zinsrechnung sowie auf Verteilungsaufgaben:

8) Eine Angestellte verdient nach einer Gehaltserhöhung von $12^{1}/_{2}$ *% jetzt DM 2700,00. Wie viel DM hat sie vor der Gehaltserhöhung verdient?*

Kenntnisse in Geometrie werden von Bewerbern für anspruchsvollere technische Berufe, wie zum Beispiel Energieanlagenelektroniker, Werkzeugbauer, CNC-Berufe o. Ä., verlangt.
Auch im Bereich Mathematik kann man das Wichtigste aus der Schule mit guten Testtrainern wiederholen und üben.

Allgemeinwissen
Mit Fragen aus den Bereichen „Wirtschaft“ und „Politik“ will man Grundwissen testen, aber auch erkennen, ob Sie sich für aktuelle Fragen interessieren. Üblich sind u. a. Fragen zu Wirtschaftsformen und Wirtschaftspolitik, zu Unternehmensformen und den Tarifparteien.
Fragen aus den Bereichen Chemie, Physik, Biologie, Technik werden überwiegend Bewerbern gewerblicher/technischer Berufe gestellt. Sie tauchen aber auch schon mal bei kaufmännischen/verwaltenden Berufen auf. Fragen aus Geographie, Literatur, Kunst, Musik, Sport können

dagegen wieder alle treffen. Einige Beispiele:

9) *Wie heißt das Instrument, mit der die Deutsche Bundesbank den Leitzinssatz verändert?*
10) *Was versteht man unter dem so genannten „Hammelsprung"?*
11) *Wann trat das Grundgesetz für die Bundesrepublik Deutschland in Kraft?*
12) *Welches bekannte Bild malte Leonardo da Vinci?*
13) *Wer war der „Walzerkönig"?*
14) *Welche Tiere besitzen Facettenaugen?*
15) *Was wird mit einem Barometer gemessen?*

Intelligenztests

So genannte „Intelligenztests" dienen meist einer Überprüfung des logischen Denkvermögens bzw. der Abstraktionsfähigkeit, der Merkfähigkeit, des räumlichen und technischen Vorstellungsvermögens, der Konzentrationsfähigkeit, der Belastbarkeit und Ausdauer.

Logisches Denkvermögen/Abstraktionsfähigkeit

Hier sollen Wortpaare, Sätze, Zahlenreihen, Figuren ergänzt werden.

16) *Ergänzen Sie die folgende Zahlenreihe:*
81 - 9 - 64 - 8 - 25 - 5 - 9 - ?
17) *Welcher Begriff paßt nicht?*
a) Kompass
b) Rucksack
c) Wegweiser
d) Landkarte
18) *Drei Figuren sind Ihnen vorgegeben.*
Die vierte hierzu passende Figur wird gesucht. Kreuzen Sie deshalb eine der vier vorgegebenen Figuren an, die zu den ersten dreien passt.

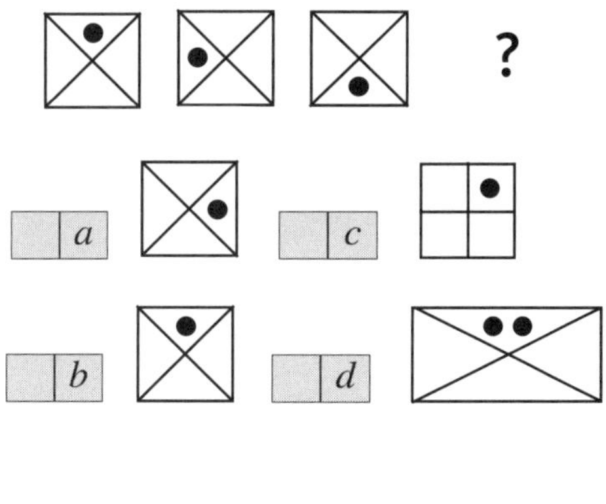

Merkfähigkeit

Hier sollen Sie beweisen, dass Sie in der Lage sind, kurzfristig Bilder, Fakten oder Daten zu erfassen und abrufbereit zu speichern.
Ein Beispiel:

19) Bei dieser Übung sollen Sie sich Begriffe 2 Minuten lang einprägen. Danach werden Ihnen Fragen zu den Begriffen gestellt. Bevor Sie die Fragen bearbeiten und die richtige Antwort ankreuzen, decken Sie bitte die Begriffe ab.

- a *Namen: Fritz – Anton – Karin – Roland – Claudia*
- b *Früchte: Banane – Pflaume – Stachelbeere – Mandarine – Erdbeere*
- c *Tiere: Löwe – Jaguar – Gans – Igel –Hamster*
- d *Städte: Dortmund – Nürnberg – Oberhausen – Quebec – Trier*

In welcher Wortgruppe steht das Wort mit dem Anfangsbuchstaben „T“?

- a *Namen*
- b *Früchte*
- c *Tiere*
- d *Städte*

Räumliches bzw. technisches Vorstellungsvermögen

Im ersten Fall geht es in der Regel um Abwicklungen von Figuren bzw. um deren Spiegelbilder. Beispiel:

20) Sechs Figuren werden Ihnen vorgegeben.
Wenn man sie in ihre Grundstellung dreht, sind fünf von ihnen deckungsgleich. Bei einer Figur klappt dies nicht. Sie ist nicht gedreht, sondern gewendet (gekippt) worden, so dass nur ihr Spiegelbild zu sehen ist. Diese Figur sollen Sie ankreuzen.

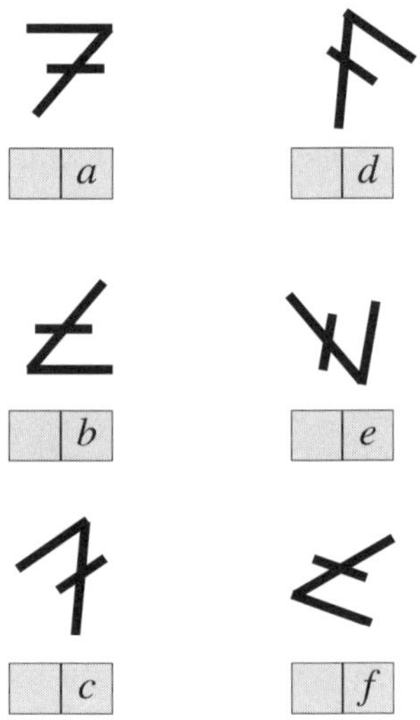

Beim technischen Vorstellungsvermögen, das natürlich überwiegend bei Bewerbern für entsprechende Berufe getestet wird, geht es um technische Probleme wie z. B. Radabläufe.

21) *Markieren Sie, in welche Richtung sich das letzte Rad dreht, wenn sich das Antriebsrad im Uhrzeigersinn bewegt.*

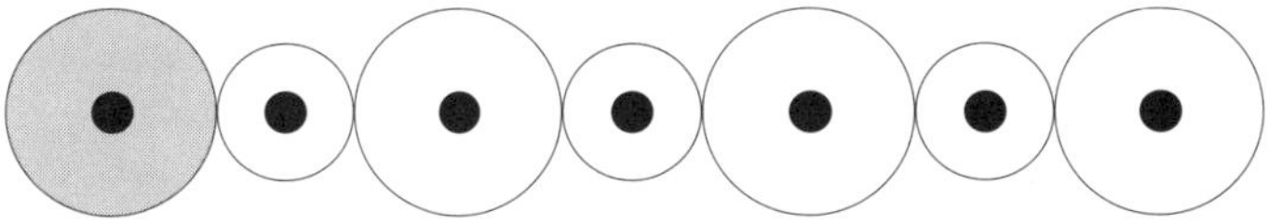

22) *Entscheiden Sie, in welche Richtung sich das graue Rad drehen wird, wenn das Rad Nr. 1 nach rechts drehen soll.*

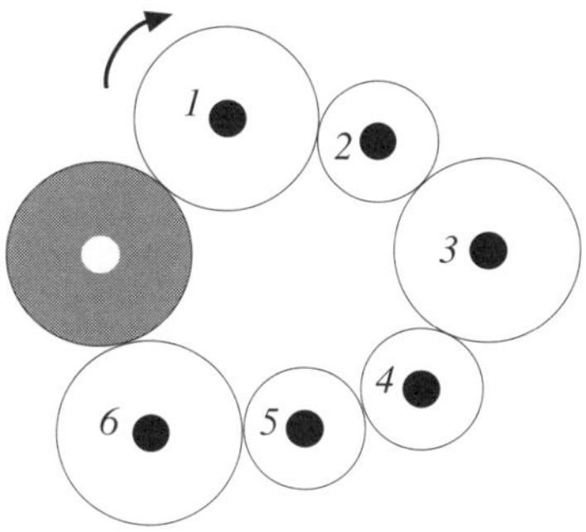

a) Es dreht sich nach links.
b) Es dreht sich nach rechts.
c) Das System dreht sich gar nicht.

Konzentrationsfähigkeit – Belastbarkeit – Ausdauer

Man will erkennen, wie schnell und genau Sie unter großer nervlicher Belastung arbeiten können.

Auch hier gibt es die verschiedenartigsten Testaufgaben. Konfrontiert werden können Sie z. B. mit seitenlangen mathematischen Aufgaben (wie Zahlenreihen, die Sie addieren, subtrahieren müssen), aber auch mit Tests, in denen Sie Zeile für Zeile bestimmte Zeichen durchstreichen müssen:

23) *Streichen Sie in den folgenden Zeilen jeweils die „m“ durch, die zwei Querstriche haben. Für jede Zeile stehen 10 Sekunden zur Verfügung.*

$$m\; n\; \overline{m}\; \underline{\overline{n}}\; \underline{\underline{\overline{n}}}\; n\; \underline{\underline{\overline{\overline{m}}}}\; \underline{\overline{\overline{m}}}\; \underline{\overline{n}}\; \overline{\overline{n}}\; \overline{m}\; \underline{\overline{n}}\; \overline{\overline{n}}\; n\; \underline{\underline{\overline{m}}}\; \underline{\overline{\overline{m}}}\; \overline{n}\; \underline{\overline{n}}\; m$$

$$\underline{\underline{n}}\; \underline{n}\; \overline{m}\; \overline{n}\; \overline{n}\; n\; n\; \underline{\overline{n}}\; n\; m\; n\; \overline{m}\; \overline{\overline{m}}\; n\; \underline{\underline{m}}\; \overline{m}\; \underline{\overline{m}}\; \overline{\overline{m}}\; n$$

24) *Rechnen Sie die folgenden Aufgaben im Kopf aus. Achtung: Die Regel „Punkt vor Strich“ gilt hier nicht.*
Für jede Aufgabe haben Sie 2 Minuten Zeit:

a) 5 + 3 • 2 - 6 : 2 + 8 - 5 • 3 + 8 - 5 - 9 : 2 • 5 - 9 : 4 : 3 = ________

b) 9 - 2 • 2 + 8 - 6 + 5 - 3 • 2 - 1 + 5 • 2 : 8 - 5 + 9 - 5 : 3 = ________

c) 4 • 3 - 5 • 3 - 9 : 6 + 4 • 5 - 8 : 2 - 8 • 4 + 7 - 6 - 8 • 3 = ________

Persönlichkeitstests

Hier versucht man sich einen Eindruck Ihres Charakters und Ihrer Persönlichkeit zu verschaffen. Auch wenn man solchen mitunter „selbstgestrickten“ Tests skeptisch gegenüberstehen kann – entziehen kann man sich kaum. Die Bandbreite der Aufgaben ist wiederum groß. Öfter verwendet werden Multiplechoicefragen und Bildtests, in denen Sie angeben sollen, welche Bilder Ihnen am besten oder auch gar nicht gefallen.

Vorbereiten kann man sich hier nur schwer. Gehen Sie davon aus, dass man mit einem Persönlichkeitstest herausfinden möchte, ob Sie dem Idealbild eines Azubis – freundlich, fleißig, ausgeglichen, optimistisch, ehrlich – möglichst nahe kommen. Überlegen Sie in Ruhe, wie Sie die Fragen beantworten.

Einige Beispiele für Multiplechoicefragen:

Kreuzen Sie spontan die für Sie zutreffende Antwort an:

25) Es macht mir nichts aus, bei Partys im Mittelpunkt des Interesses zu stehen.
a) stimmt
b) manchmal
c) stimmt nicht

26) Schulstress schlägt mir auf den Magen und macht mich nervös.
a) stimmt
b) manchmal
c) stimmt nicht

27) Ich vermeide es generell, mich mit anderen zu streiten.
a) stimmt
b) manchmal
c) stimmt nicht

Und hier ein weiteres Beispiel, mit dem man Ihre Interessen erkennen möchte:

Unser Tipp:

Achtung: Die Angaben in Beispiel 28 bis 30 müssen mit Ihren Angaben im Lebenslauf, Anschreiben und Vorstellungsgespräch übereinstimmen!

28) Kreuzen Sie jeweils an: Beruflich hätte ich Interesse an …

	großes Interesse	Interesse	wenig Interesse	gar kein Interesse
Schaufenster dekorieren	☐	☐	☐	☐
Stromleitungen legen	☐	☐	☐	☐
Autos verkaufen	☐	☐	☐	☐
Bankkunden beraten	☐	☐	☐	☐
Gehaltsabrechnungen durchführen	☐	☐	☐	☐
Unterricht erteilen	☐	☐	☐	☐
Romane übersetzen	☐	☐	☐	☐
techn. Zeichnungen anfertigen	☐	☐	☐	☐
an einer Drehbank arbeiten	☐	☐	☐	☐
Versicherungsakten bearbeiten	☐	☐	☐	☐
Blumen züchten	☐	☐	☐	☐
geschäftliche Umsätze berechnen	☐	☐	☐	☐
Hörspiele schreiben	☐	☐	☐	☐
Stühle schreinern	☐	☐	☐	☐
mikroskopieren	☐	☐	☐	☐
Tiere pflegen	☐	☐	☐	☐
Geschäftsbriefe schreiben	☐	☐	☐	☐
gute Gerichte kochen	☐	☐	☐	☐
Kinder erziehen	☐	☐	☐	☐
Zeitungsartikel schreiben	☐	☐	☐	☐
Karteien anlegen	☐	☐	☐	☐
Landschaften fotografieren	☐	☐	☐	☐
chemische Versuche durchführen	☐	☐	☐	☐
an einer Rechenmaschine arbeiten	☐	☐	☐	☐
Motoren reparieren	☐	☐	☐	☐
Flüssigkeiten destillieren	☐	☐	☐	☐
Mitarbeiter anleiten	☐	☐	☐	☐
Lagerbestände kontrollieren	☐	☐	☐	☐
mit Kunden sprechen	☐	☐	☐	☐
Sparkonten führen	☐	☐	☐	☐
Blutproben analysieren	☐	☐	☐	☐
etc.				

28) Kreuzen Sie an:
Wenn ich in der Schule schlechte Noten bekomme habe, so lag das an:

	Trifft 100%ig zu	Trifft 75%ig zu	Trifft kaum zu	Trifft überhaupt nicht zu
mangelndem Fleiß	☐	☐	☐	☐
außerschulischen Interessen	☐	☐	☐	☐
geringer Begabeung für das betreffende Fach	☐	☐	☐	☐
dem Unverständnis des Lehrers	☐	☐	☐	☐
überhöhten Anforderungen in diesem Fach	☐	☐	☐	☐
mangelndem Interesse an diesem Fach	☐	☐	☐	☐
mangelnder Gründlichkeit	☐	☐	☐	☐
Pech	☐	☐	☐	☐

28) Kreuzen Sie Ihre Meinung an:

	Stimme voll zu	Stimme teilweise zu	Stimme weniger zu	Stimme gar nicht zu
Bescheidenheit ist nicht nur unnütz, sie ist sogar schädlich	☐	☐	☐	☐
Es fällt mir leicht, jemandem offen meine Meinung zu sagen	☐	☐	☐	☐
Oft mache ich mir zu viele Sorgen	☐	☐	☐	☐
Ich bin jemand, der besonders gründlich und sorgfältig arbeitet	☐	☐	☐	☐
Eine Gehaltserhöhung zu fordern, fiele mir ausgesprochen schwer	☐	☐	☐	☐
Wenn ich zu Unrecht kritisiert werde, mache ich meinem Ärger darüber gleich Luft	☐	☐	☐	☐
Die richtigen Argumente fallen mir meist erst nach der Diskussion ein	☐	☐	☐	☐
Wenn jemand meine Arbeit kritisiert, bringe ich gar nichts mehr zustande	☐	☐	☐	☐
Wenn ich eine neue Aufgabe nicht selbst lösen kann, lasse ich mir gerne weiterhelfen	☐	☐	☐	☐

Lösungen der Musterfragen:
1) d; 2) 63390; 3) 3225; 4) 0,05; 5) 22/35; 6) 21/32; 7) 6615; 8) 2400,00 DM; 9) Diskontpolitik; 10) Persönliche Abstimmung im Bundestag, bei der alle Abgeordneten entweder durch die rechte oder die linke Tür gehen; 11) 23.05.49; 12) Mona Lisa; 13) Johann Strauß; 14) Insekten; 15) Luftdruck; 16) 3; 17) b); 18) a; 19) d; 20) d; 21) Das letzte Rad dreht sich rechts herum; 22) c); 23) erste Zeile: 0-mal, zweite Zeile: 4-mal; 24) a) 3, b) 3, c) 15; 25) bis 30) Berücksichtigen Sie den angestrebten Beruf und die Hinweise in der Erläuterung.

So bereiten Sie sich vor

Auf die Anforderungen eines Auswahltests kann man sich vorbereiten. Dies muss aber langfristig geschehen. Besorgen Sie sich schon ein halbes Jahr vor den möglichen Terminen Bücher, die Sie mit solchen Testverfahren vertraut machen. Sie haben ja anhand der Musteraufgaben gesehen, dass die Tests gar nicht so einfach sind, wenn es Sie unvorbereitet trifft. Man kann sich zwar auf keinen Test 100-prozentig vorbereiten, dafür gibt es zu viele verschiedene Fragemöglichkeiten. Doch sind die Tests vergleichbar mit dem theoretischen Teil der Führerscheinprüfung. Auch dieser ist mit viel Übung wesentlich besser zu schaffen. Daher empfehlen wir Ihnen den Kauf eines oder mehrerer „Testtrainer“ (siehe Tipp Seite 90), die sie unbedingt gründlich durcharbeiten sollten. Sie frischen Ihr Wissen auf und erweitern es, lernen für Sie neue Tests und deren Fragestellungen und Fallen kennen und erhalten ein besseres Zeitgefühl für Tests. Wenn Sie merken, dass Ihnen die Art der Fragestellung langsam vertrauter wird, erhalten Sie eine gewisse Sicherheit, die in allen Prüfungssituationen und insbesondere für das Vorstellungsgespräch ausgesprochen wertvoll ist. Denn auch hier argumentieren Sie sicherer, freier und souveräner, wenn Sie sich in den Gesprächsthemen (z. B. Politik und Wirtschaft) gut auskennen.
Versuchen Sie jemanden zu befragen, der in letzter Zeit einen Einstellungstest in demselben Betrieb gemacht hat: Welche Aufgabenarten wurden genommen? Sie können aber auch in der Ausbildungsabteilung des Betriebes anrufen und sich nach den Tests erkundigen. Es gibt durchaus Mitarbeiter, die solche Bemühun-

Unser Tipp:

Mit einem geeigneten „Testtrainer“ können Sie Ihre Testchancen entscheidend verbessern. Achten Sie beim Buchkauf auf Folgendes:

- **Der Testtrainer sollte Ihr Schulwissen in Deutsch (Rechtschreibung) und Mathematik (Rechnen, Geometrie) gründlich auffrischen.**
- **Er sollte Grundfragen aus Wirtschaft und Politik behandeln. Gerade bei beliebten Berufen wie Bank- oder Industriekaufmann werden hierzu häufig Fragen gestellt.**
- **Er sollte Ihr Allgemeinwissen in den Bereichen Geschichte, Geographie, Literatur, Kunst, Musik, Sport, Biologie, Physik und Chemie trainieren. Diese Gebiete sind so breit gefächert, dass man nur die häufig gestellten Fragen üben kann. Umso wichtiger ist die Qualität des Testtrainers.**
- **Er sollte Sie mit typischen Fragen der Intelligenztests vertraut machen und Hinweise zur Bearbeitungstechnik in diesem Bereich geben.**
- **Er sollte möglichst schnell zur Sache – zum eigentlichen Testtraining – kommen. Längere theoretische Abhandlungen zu „Sinn und Unsinn“ von Tests helfen Ihnen nicht weiter.**

gen anerkennen und mit einigen Tipps weiterhelfen; schlimmstenfalls erhalten Sie keine Informationen.

Informieren sie sich in den Medien über das aktuelle Geschehen, vor allem in den Bereichen Wirtschaft und Politik. Speziell in Aufsatzthemen aber auch in Vorstellungsgesprächen werden gern Fragen zum aktuellen Tagesgeschehen gestellt.

Einige allgemeine Verhaltenstipps für den Tag vor der Prüfung und für die konkrete Testsituation selbst:

- Gehen Sie optimistisch in den Einstellungstest. Ruhen Sie sich am Tage vorher aus, entspannen Sie. Einstellungstests erfordern volle Konzentration von Ihnen. Verzichten Sie deshalb auf jeden Fall auf die Einnahme von Beruhigungsmitteln. Gehen Sie am Abend vorher rechtzeitig ins Bett, schlafen Sie sich aus. Und frühstücken Sie wenigstens eine Kleinigkeit, bevor es losgeht.
- Lassen Sie sich nicht aus der Ruhe bringen. Testreihen sind oft so angelegt, dass Sie gar nicht alle Aufgaben schaffen können. Man will nicht nur wissen, was Sie können, sondern man möchte auch feststellen, wie Sie unter zeitlichen

Belastungen arbeiten. Werfen Sie also keinesfalls die Flinte ins Korn, wenn Sie mit einigen Aufgaben nicht fertig werden.

- Fangen Sie nicht Hals über Kopf mit der Bearbeitung der Testaufgaben an. Lesen Sie die Aufgabenstellungen erst in Ruhe durch. Denn: Falsch verstandene Aufgaben werden meist falsch oder gar nicht gelöst.
- Achten Sie genau auf die Anweisungen des Testleiters. Oft werden sie nicht wiederholt, weil man schon hier erkennen möchte, ob Sie sich konzentrieren können.
- Schreiben Sie nicht ab. Erstens weiß es Ihr Nachbar auch nicht besser und zweitens riskieren Sie den Ausschluss vom Test. Manchmal genügt auch schon die bloße Vermutung des Testleiters Ihr Ergebnis zu verschlechtern.

Denken Sie daran: Durch gute Vorbereitung sind Sie stark und haben reelle Chancen die Tests zu bestehen. Mit diesem Selbstverständnis sollten Sie sich der Situation stellen. Wenn es dann wider Erwarten nicht klappt, versuchen Sie es noch einmal. Beachten Sie die Tipps dieses Buches.

Machen Sie sich mithilfe der „Testknackerbücher" noch fitter. Sie werden sehen: Beim nächsten Mal klappt's!

Unser Tipp:

- **Nehmen Sie vor dem Testverfahren keine Beruhigungs- oder Aufputschmittel! Beruhigungsmittel machen Sie träge und wenig leistungsfähig. In Apotheken erhältliche Mittel zur Leistungssteigerung (so genannte Aufputschmittel) enthalten in der Regel den Stoff Amphetamin. Dieser ist oftmals Auslöser einer Selbstüberschätzung. Dadurch fehlt Ihnen die notwendige kritischen Reflexion.**
- **Nicht alle Unternehmen informieren über das Testergebnis. Wenn Sie einen Ausbildungsvertrag angeboten bekommen, kann Ihnen das genaue Ergebnis egal sein. Wenn Sie aber eine Absage erhalten, sollten Sie schon nachfragen, woran es gehapert hat, um Ihre Stärken und Schwächen festzustellen. Dies ist ein wichtiger Schritt um das nächste Mal erfolgreicher zu sein.**

Das Vorstellungsgespräch

Als ungewohnt und stressig, fast wie eine Prüfungssituation, empfinden viele Bewerber das Vorstellungsgespräch. Dabei ist alles halb so schlimm, wenn man weiß, worauf Arbeitgeber im Allgemeinen Wert legen und welche Fragen immer wieder gestellt werden. Tipps für eine optimale Vorbereitung stehen im Mittelpunkt dieses Kapitels.

Man will Sie persönlich kennen lernen! Warum?

- Weil Ihre Bewerbung, Ihre Unterlagen, Ihre Testergebnisse oder vielleicht auch alles zusammen so gut waren, dass Sie in die engere Auswahl der Bewerber gekommen sind (Sie können mit Recht stolz darauf sein);
- Weil man wissen will, ob Sie tatsächlich zum Beruf und in die Firma passen, denn auch Bewerbungspapier ist bekanntlich geduldig. Deshalb heißt es jetzt aufgepasst ...

Sie befinden sich auf der Zielgeraden. Sie haben schon eine Reihe von Mitbewerbern hinter sich gelassen, eventuell sogar schon Tests absolviert, dennoch wird es erst jetzt richtig ernst. In den meisten Fällen haben Sie noch Mitbewerber, aus denen der Betrieb die passenden Mitarbeiter aussuchen will.

Was müssen Sie nun konkret unternehmen?

Folgendes ist zu tun:

1. die Einladung bestätigen,
2. das Gespräch intensiv vorbereiten,
3. im Gespräch selbst „bestehen“.

Schnell sein: Bestätigung der Einladung

Wenn Sie eine schriftliche Einladung bekommen haben, müssen Sie den dort genannten Termin bestätigen. Nur dann weiß Ihr Gesprächspartner, dass Sie den Termin wahrnehmen können, und wird auch für Sie erreichbar sein. Sollten Sie ausnahmsweise zum genannten Zeitpunkt nicht können, müssen Sie umgehend einen neuen Termin vereinbaren. Nennen Sie dabei den wichtigen Verhinderungsgrund (z. B. eine Klassenarbeit), damit Ihr Gesprächspartner kein Desinteresse aus der Umlegung folgern kann.

Um rasch Interesse zu signalisieren und Ihrem Gesprächspartner die Terminplanung zu erleichtern bestätigen Sie den Termin am besten telefonisch. Beachten Sie dabei die Ratschläge zur telefonischen Bewerbung (Seite 26 ff.). Möglich ist auch eine schriftliche Bestätigung. Hier können Sie sich an dem Musterbrief auf der nächsten Seite orientieren.

Vorbereitet sein: Ausbildererwartungen, Ausbilderfragen

Was erwartet der Betrieb von einem Vorstellungsgespräch?

Vorstellungsgespräche kosten den Betrieb (oder den Chef) wertvolle Zeit. Daher werden in der Regel nicht alle Bewerber eingeladen, sondern es wird anhand der Bewerbungen und eventuell eines Tests eine Vorauswahl getroffen. Die anschließenden Gespräche dienen dann dazu, aus den vielversprechendsten Bewerbern diejenigen auszuwählen, die für den Beruf und den Betrieb am geeignetsten erscheinen.

Was erwartet der Betrieb vom Bewerber?

Leistungsbereitschaft und Motivation

Werden Sie sich in der Ausbildung genügend einsetzen, um viel zu lernen, und nach der Ausbildung ein guter Mitarbeiter werden?

Zuverlässigkeit und Disziplin

Werden Sie pünktlich und ehrlich sein? Kann man sich stets auf Sie verlassen?

MUSTER BRIEF

Klaus Schnell
Am Rain 12
12345 Neuendorf
Tel.: 0 66 95/5 67

19..-03-12

Baustoffmarkt
GUT-KAUF GmbH
Personalabteilung
Frau Andrea Meier
Oderweg 15

12344 Neuendorf

Vorstellungsgespräch – Terminbestätigung
Ihr Schreiben vom 10. März 19.. , Ihr Zeichen: am/gs

Sehr geehrte Frau Meier,

ich danke Ihnen für Ihr o. g. Schreiben und freue mich über Ihre Einladung. Wie gewünscht, werde ich mich am ... um ... Uhr bei Ihnen vorstellen. Der zugeschickte Personalfragebogen liegt ausgefüllt bei.
(nur, wenn beigefügt!)

Da ich in Ihrer Firma sehr gerne eine Ausbildung machen würde, bin ich auf das Gespräch mit Ihnen sehr gespannt. Bis dahin verbleibe ich

mit freundlichen Grüßen

(Unterschrift per Hand)

Klaus Schnell

Anlage: Personalfragebogen (nur, wenn beigefügt!)

Anpassungsfähigkeit
Werden Sie sich problemlos in den Betrieb einordnen? Kann man mit Ihnen gut zusammenarbeiten? Sind Sie für spätere Gruppenarbeit geeignet?
Eigenverantwortlichkeit
Können Sie eigenverantwortlich und selbstständig denken und handeln?
Dynamik und Zielstrebigkeit
Haben Sie Initiative und Interesse an dem Beruf? Wollen Sie neue Dinge lernen und sich weiterbilden?
Berufseignung
Sind Sie körperlich und geistig den Anforderungen des spezifischen Berufs gewachsen?
Passung
Passen Sie in Ihrem Wesen, Auftreten, eventuell auch Ihrem Äußeren zum gesamten Betrieb, seinem Stil, seinen Mitarbeitern und Kunden?
Kritikfähigkeit
Besitzen Sie kritische Urteilsfähigkeit, akzeptieren aber auch selbst Kritik?

Wie kann das Bewerbungsgespräch ablaufen?
Obwohl jedes Bewerbungsgespräch anders ablaufen wird, gibt es folgende generelle Möglichkeiten. Welche davon gewählt wird, hängt von der Betriebsgröße und auch von Ihren Gesprächspartnern ab.

Das offene Gespräch
Die Themen und die Fragen sind nicht genau festgelegt. Der Gesprächspartner plaudert vermeintlich ganz locker mit Ihnen. Achtung: Auch hier steckt natürlich ein Ziel dahinter. Antworten Sie daher sachlich und überlegt. Wenn man Ihnen Gelegenheit gibt, das Gespräch auf von Ihnen vorbereitete Bahnen zu lenken, nutzen Sie diese Chance: Sprechen Sie Ihr Interesse, Ihre Vorkenntnisse, dem Beruf verwandte Hobbys u. Ä. an.

Das halbstandardisierte Gespräch
Hier ist der Verlauf ebenfalls offen und locker – vor allem zu Anfang. Der Gesprächspartner stellt Ihnen aber auch einige vorbereitete Fragen. Dabei geht er aber nicht nach einem festen Schema vor. Auch hier haben Sie einen relativen Einfluss auf den Ablauf des Gespräches.

Das standardisierte Gespräch
Der Interviewer geht nach einem festen Schema vor. Dies findet man oft bei Großbetrieben, wenn eine relativ große Zahl von Bewerbern möglichst objektiv verglichen werden soll.

Wo findet das Vorstellungsgespräch statt?

Im Büro

In der Regel werden Sie ins Personalbüro oder in kleineren Betrieben ins Zimmer des Chefs gebeten.
So verhalten Sie sich richtig:
Begrüßen Sie die Sekretärin, stellen Sie sich vor und nennen Sie den Grund Ihres Besuches. Warten Sie, bis Sie um Eintritt gebeten werden. Bereiten Sie sich in dieser Wartezeit nochmals mental auf das Vorstellungsgespräch vor (siehe Seite 28). Sollte die Sekretärin in dieser Zeit ein Gespräch mit Ihnen führen, seien Sie auch hier sehr höflich und korrekt. Es kann sein, dass man Sie nach Ihrem ersten Eindruck fragt.
Wenn Sie hereingebeten werden, klopfen Sie an, falls die Sekretärin nicht vorangeht. Schauen Sie Ihren Gesprächspartner freundlich lächelnd an, wenn Sie eintreten. Ist nur ein Gesprächspartner da, begrüßen Sie ihn möglichst mit seinem Namen (auch mit Titel, z. B. *Frau Dr. Müller).* Nennen Sie nach der persönlichen Ansprache Ihren Namen. Warten Sie, dass Ihnen der Gesprächspartner die Hand gibt. Setzen Sie sich erst dann, wenn Sie dazu aufgefordert werden. Setzen Sie sich gerade und ordentlich hin. Schauen Sie Ihren Gesprächspartner freundlich an und warten Sie ab, bis er das Gespräch beginnt. Sind mehrere Gesprächspartner da, werden Ihnen diese vorgestellt werden. Merken Sie sich die Namen.
Wenn Ihnen ein Getränk angeboten wird, können Sie es ruhig annehmen. Trinken Sie dann aber nur ab und zu einen kleinen Schluck und nicht alles auf einmal. Sie können ein Getränk mit einem höflichen *„Nein, danke“* auch ausschlagen. Wenn Sie nach einem Wunsch gefragt werden, können Sie natürlich auch wählen – aber bitte kein alkoholisches Getränk. Schlagen Sie in jedem Fall eine angebotene Zigarette aus.

Während eines Betriebsrundganges

Vor allem in kleineren Betrieben des Handwerks kann das Gespräch auch auf einem Rundgang durch den Betrieb stattfinden. Gehen Sie dann kurz hinter oder neben dem Gesprächspartner her. Grüßen Sie Mitarbeiter, denen Sie begegnen. Interessieren Sie sich für den Betrieb. Fragen Sie nach Betriebsabläufen, Maschinen oder Produkten. Obwohl Sie immer in seiner unmittelbaren Nähe sind, rücken Sie dem Gesprächspartner nicht zu nah „auf die Pelle“. Mischen Sie sich nicht in Gespräche ein, die Ihr Gesprächspartner eventuell mit den Mitarbeitern führt. Konzentrieren Sie sich trotz der vielen neuen Eindrücke auf Ihr Gespräch.

Am möglichen Ausbildungsplatz
(z. B. in der Werkstatt, im Frisurenstudio oder an einem Schreibtisch)
Mitunter kann es auch vorkommen, dass Ihr handwerkliches Geschick/technisches Verständnis, Ihre Schreibmaschinen- oder PC-Kenntnisse getestet werden. Verlieren Sie nicht die Nerven, denn man erwartet ja noch keine ausgebildete Fachkraft. Es soll nur geprüft werden, ob Sie sich generell eignen. Haben Sie hier schon gute Kenntnisse (z. B. auf dem PC), dann sollten Sie damit aber nicht hinter dem Berg halten.
Wenn Sie beispielsweise einen Nachmittag in einem Frisurenstudio verbringen, zeigen Sie großes Interesse an der Arbeit. Seien Sie höflich und hilfsbereit (vielleicht können Sie den benötigten Föhn reichen o. Ä.), verhalten Sie sich aber dennoch möglichst unauffällig. Mischen Sie sich nicht vorlaut oder besserwisserisch in Gespräche ein. Seien Sie vor allem zu den Kunden sehr freundlich.

Wie viele Personen nehmen an dem Gespräch teil?
Auch hier gibt es mehrere Möglichkeiten:

Ein „Frager“ und ein Bewerber
Der Personalsachbearbeiter oder der Chef spricht allein mit Ihnen. Sie können sich nur auf ihn konzentrieren – sprechen Sie ihn oft mit seinem Namen (und eventuell Titel) an.

Mehrere „Frager“ und ein Bewerber
Auch wenn Sie nun von mehreren Personen beobachtet werden, sollten Sie gelassen bleiben: Am Gesprächsinhalt ändert sich dadurch nichts. Zum Personalchef oder zum Betriebsinhaber könnten z. B. ein Betriebsratsmitglied und/oder ein Ausbildungsmeister (-leiter) hinzugezogen werden.
Antworten Sie immer dem Fragenden, sehen Sie ihn dabei an.

Mehrere Bewerber und ein oder mehrere „Frager“
Meist sind es Großbetriebe, die diese Form des Gesprächs wählen.
Dies ist aus unserer Sicht die schwierigste Situation für Sie. Trösten Sie sich damit, dass dies auch für Ihre Mitbewerber gilt.

Selbstverständlich will jeder der Bewerber den besten Eindruck hinterlassen.

- Bleiben Sie unbedingt fair, das macht den besten Eindruck. Zeigen Sie, dass Sie in einem Team arbeiten können. Machen Sie nicht den Fehler, dass Sie die Mitbewerber angreifen oder ihnen ins Wort fallen.
- Reden Sie nur dann, wenn man Ihnen das Wort erteilt.
- Konzentrieren Sie sich aber auch auf die Fragen und die Antworten der Mitbewerber. Überlegen Sie sich auch zu den Fragen an die anderen eine Antwort. Es könnte sein, dass eine Frage weitergereicht wird oder dass Sie zu einer Antwort Stellung nehmen sollen.
- Wollen Sie eine Ergänzung oder Korrektur machen, so signalisieren Sie dies durch Blicke und eine Geste mit der Hand. Warten Sie aber, bis Sie drankommen. Verhalten Sie sich nicht aufdringlich, vorwitzig oder einfach besserwisserisch. Sagen Sie nicht: *„Das war Unsinn ...“* oder *„Das war falsch ...“* Sie könnten z. B. mit den Worten beginnen: *„Meiner Meinung nach ...“* oder *„Ich sehe das so ...“* oder *„Zu den Worten meines Vorredners möchte ich noch Folgendes anmerken ...“.*

Einige Großbetriebe testen Sie neuerdings vor allem bei anspruchsvollen kaufmännischen Berufen nach der Methode des „Assessment-Centers“. Kurz gesagt bedeutet das, dass Sie in einer Gruppe mit- oder gegeneinander arbeiten. Dabei wird das Verhalten der Bewerber beobachtet. Man will Teamgeist, Kommunikations- und Durchsetzungsvermögen, Zielstrebigkeit und Organisationstalent testen. Versuchen Sie durch Wissen, Witz, Reden zu organisieren und der „Chef“ zu werden. Diskutieren Sie aber immer sachlich, werden Sie nicht ausfallend oder einfach bestimmend.

Wie bereitet man sich am besten vor?

Natürlich kann niemand voraussehen, was in einem Vorstellungsgespräch im Einzelnen gefragt wird. Und doch laufen diese Gespräche oft nach einem bestimmten Muster ab, denn auch für Ihren Gesprächspartner ist es gar nicht so einfach, sich die richtigen Fragen zu überlegen. Also gibt es bestimmte Standardfragen, mit denen man rechnen muss

Unser Tipp:

- **Üben Sie das Vorstellungsgespräch: Simulieren Sie das Gespräch mit Freunden, Eltern oder allein. Stellen Sie sich mögliche Fragen und beantworten Sie diese laut. Üben Sie das ganze Gespräch von der Begrüßung bis zum Abschied.**
- **Auch wenn Sie sich ggf. auf mögliche Fragen gut vorbereitet haben, können Ihnen natürlich auch andere gestellt werden bzw. das Gespräch kann einen ganz anderen Verlauf als geplant nehmen. Bleiben Sie dann in jedem Fall cool und konzentrieren Sie sich.**

und auf die man sich schon einstellen kann. Mit der Tabelle auf Seite 100 ff. machen Sie sich fit für gängige Fragen. Am besten, Sie lassen sich von Eltern/Bekannten ausfragen.

Ein weiterer Tipp: Je mehr Sie über den Arbeitgeber und Ihren Wunschberuf wissen, umso besser. Sammeln Sie deshalb Informationen über die Firma und über den Beruf. Lesen Sie Zeitung und schneiden Sie sich alles Wichtige heraus. Fragen Sie Mitarbeiter, Freunde und Bekannte. Sammeln Sie auch Broschüren oder Infos von Betriebspraktika, Ferienjobs o. Ä.

Und nun einige Fragen, die immer wieder gestellt werden. Vollständig ist diese Auflistung natürlich nicht. Unter der Rubrik „Tipp/Mögliche Antwort" finden Sie Vorschläge, die Ihnen für Ihre eventuellen Antworten Denkanstöße geben sollen. Formulieren Sie aber in Gedanken oder auf einem extra Blatt Papier unbedingt Ihre eigenen Antworten.

Aber auch Sie selbst können Fragen stellen nach dem Motto „Gut gefragt ist halb gewonnen". Mehr dazu in der Checkliste auf Seite 103.

Gängige Fragen an den Bewerber

Das könnte ich gefragt werden	Das kann der Grund der Frage sein	Tipp/Mögliche Antwort
„Wo liegen Ihre persönlichen Stärken und Schwächen?“	Können Sie über Ihre persönliche Situation auch kritisch nachdenken?	Antworten Sie taktisch klug. Versuchen Sie nichts zu verschleiern (auch eine schlechte Note kann man erklären), stellen Sie Ihr Licht aber nicht unter den Scheffel. Vorsicht: Manche „Stärken“ (etwa Risikofreudigkeit durch Ausübung gefährlicher Sportarten) sieht der Arbeitgeber eventuell anders.
„Warum wollen Sie gerade diesen Beruf erlernen?“ („Ist dies Ihr Traumberuf?“)	Hat sich der Bewerber über den Beruf und seine Anforderungen informiert?	Weisen Sie hin auf: Interesse an technischen/modischen/handwerklichen Dingen, Verbindung zu Hobbys, Erfahrung aus Praktika oder Ferienjobs, Freude am Umgang mit Menschen (Kunden) o. Ä.
„Warum haben Sie sich gerade bei uns beworben?“	Ist es eine zielstrebige Bewerbung oder haben Sie sich überall und in unterschiedlichen Berufen beworben? Welche Kenntnisse über die Firma sind vorhanden? Ist es Ihnen eventuell gleich, ob Sie diesen oder aber einen anderen Platz bekommen?	Das Leistungsangebot der Firma, die gute Ausbildung, das gute Betriebsklima, die Größe der Firma, der sichere Arbeitsplatz, die Aufstiegsmöglichkeiten, die persönliche Herausforderung machen den Arbeitgeber für Sie interessant.

Das könnte ich gefragt werden	Das kann der Grund der Frage sein	Tipp/Mögliche Antwort
„Was gab den Anstoß für die Bewerbung?“	Sind Sie zielstrebig und wollen Sie unbedingt diesen Beruf ergreifen oder ist es Ihnen relativ egal?	Der Anstoß war ein Praktikum oder ein Ferienjob; Sie haben sich informiert beim Arbeitsamt oder bei Freunden usw.
„Was wissen Sie über unser Unternehmen?“	Haben Sie sich vor der Bewerbung informiert, haben Sie Interesse an der Firma?	Bringen Sie Ihr Wissen aus Ihrer firmenbezogenen Vorbereitung ein.
„Wo haben Sie sich außerdem beworben?“	Welche Rangstelle hat Ihre Bewerbung in dieser Firma?	Seien Sie ehrlich. Man wird Ihnen kaum glauben, dass dies Ihre einzige Bewerbung war. Beschränken Sie sich aber möglichst auf die Nennung von Bewerbungen in gleichen oder ähnlichen Berufen.
„Aus Ihrem Bewerbungsschreiben geht hervor, dass Sie ein Praktikum absolviert haben. Welche Erfahrungen haben Sie da gemacht?“	Lässt Ihre Antwort auf Beobachtungsgabe/Interesse an der Tätigkeit schließen?	Berichten Sie, was Sie gelernt haben, was Ihnen gefallen hat. Stellen Sie den Betrieb aber nicht negativ dar!
„Was interessiert Sie an diesem Beruf? Wie stellen Sie sich Ihre spätere Tätigkeit vor?“	Haben Sie sich informiert und die Berufsentscheidung bewusst und zielstrebig getroffen?	Beschreiben Sie den Beruf möglichst positiv. Nennen Sie Ihre Neigungen. Aber: Bleiben Sie „auf dem Teppich“ und geraten Sie nicht in unkritisches Schwärmen.

→

Das könnte ich gefragt werden	Das kann der Grund der Frage sein	Tipp/Mögliche Antwort
„Glauben Sie, dass Sie den Anforderungen dieses Berufes gewachsen sind?“	Wie ist es um Ihre Selbsteinschätzung, Ihr Selbstbewusstsein und Ihre Lernbereitschaft bestellt?	Begründen Sie Ihre Erfolgsaussichten mit Ihren Neigungen und sagen Sie, dass Sie fest entschlossen sind, es gut zu schaffen.
„Käme auch ein anderer Ausbildungsberuf infrage?“	Wie groß ist Ihr Interesse für den Beruf, eventuell aber auch für einen anderen Ausbildungsberuf in der Firma?	Fragen Sie nach, ob es denn in der Firma noch andere Möglichkeiten gäbe. Das signalisiert in jedem Fall Interesse an der Firma. Vermeiden Sie aber den Eindruck, es sei Ihnen egal, was Sie lernen.
„Warum haben Sie in den Fächern ... keine besseren Noten?“	Sind Sie kritikfähig/einsichtig genug um eine Verbesserung Ihrer Leistung anzustreben?	Nennen Sie außergewöhnliche Ereignisse (Krankheit, Unfall usw.), wenn die Ursache tatsächlich hier liegt. Schieben Sie nicht die Schuld auf andere. Im Zweifel zählt ganz zuletzt noch das Argument der Schulmüdigkeit ...
„Was machen Sie in Ihrer Freizeit? Sehen Sie gerne fern? Hören Sie gerne allein Musik?“	Sind Sie eher ein Einzelgänger oder jemand, der die Gemeinschaft bevorzugt? Haben Sie sportliche/kulturelle Interessen?	Vermitteln Sie nicht den Eindruck, dass Sie ziellos herumgammeln und die Zeit totschlagen, sondern dass Sie aktiv sind.

Das könnte ich gefragt werden	Das kann der Grund der Frage sein	Tipp/Mögliche Antwort
„Lesen Sie Zeitung, hören oder sehen Sie Nachrichten? Lesen Sie Bücher? Was war das letzte Buch, das Sie gelesen haben? Wie hat es Ihnen gefallen?“	Haben Sie Interesse am politischen/wirtschaftlichen/kulturellen Geschehen?	Zeigen Sie ein solches Interesse (besonders bei kaufmännischen Berufen und in der Verwaltung wichtig). Magazinsendungen, „Heute“, „Tagesschau“ sollte man verfolgen.

CHECK LISTE

Das will ich fragen

Nachfolgend finden Sie mögliche Fragen, die Sie stellen können. Haken Sie diejenigen ab, die für Sie in Betracht kommen, und notieren Sie sich eventuell weitere:

- Wie viele Mitarbeiter hat das Unternehmen? ☐
- Wie läuft bei Ihnen die Ausbildung ab? ☐
- Gibt es in Ihrem Hause eine spezielle Ausbildungsabteilung? ☐
- In welchen Abteilungen werde ich ausgebildet? ☐
- Gibt es nach der Ausbildung die Möglichkeit einer Übernahme? ☐
- Wie hoch ist die Ausbildungsvergütung? ☐
- Wie lange dauert die Ausbildung? ☐
- Wie viele Auszubildende werden in diesem Jahr von Ihnen ausgebildet? ☐
- Welche Weiterbildungsmöglichkeiten gibt es später? ☐
- Welche Aufstiegsmöglichkeiten gibt es in Ihrem Betrieb? ☐
- Welche Chancen sehen Sie für mich diesen Ausbildungsplatz zu bekommen? ☐
- Wann etwa werde ich mit Ihrer Entscheidung rechnen können? ☐

Sicher auftreten: Allgemeine Verhaltens-tipps

Ihr Auftreten muss zu Ihrer Bewerbung, aber auch zu Ihrem Typ passen. Schließlich will nicht nur der Betrieb Sie kennen lernen, sondern umgekehrt gilt auch: Sie wollen feststellen, ob Sie der richtige Typ für den Betrieb sind. Falsche Vorstellungen vom Beruf treten spätestens beim Bewerbungsgespräch zutage.
Auf Dauer kann niemand seine wirklichen Eigenschaften verstecken. Deshalb sollten Sie so auftreten, wie Sie sind, aber doch folgende Grundregeln beachten:

- Kleiden Sie sich jugendlich, Ihrem Stil entsprechend, aber nicht aufdringlich. Das Gleiche gilt für Frisur, Schmuck und Make-up. Für spezielle Berufe, wie z. B. Friseur(in) oder Boutique-Verkäufer(in), können Sie etwas extravaganter aussehen, für andere (z. B. Kundenberater(in) in einer Bank) auch etwas eleganter. Aber auch hier lautet die Devise: nicht übertreiben.
- Prüfen Sie bevor Sie von zu Hause aufbrechen sorgfältig, ob Sie alle Unterlagen eingesteckt haben, die Sie mitbringen sollen.
- Kommen Sie ausgeschlafen zum Vorstellungsgespräch.
- Kommen Sie unbedingt rechtzeitig und nicht abgehetzt. Planen Sie eventuelle Umwege oder Verzögerungen großzügig ein. Seien Sie früher da, dann können Sie sich noch einmal mental einstimmen.
- Treten Sie natürlich auf und schauspielern Sie nicht.
- Seien Sie immer höflich und freundlich.
- Schauen Sie die Gesprächspartner an, blicken Sie nicht zu Boden oder zur Seite.
- Verschränken Sie nicht die Beine oder die Arme.
- Sprechen Sie deutlich und nicht hektisch.
- Unterbrechen Sie den Gesprächspartner nicht, hören Sie geduldig und interessiert zu. Erst dann antworten Sie oder stellen Fragen.
- Reden Sie Ihre Gesprächspartner mit deren Namen an.
- Interessieren Sie sich für die Firma. (Nutzen Sie die Checkliste auf Seite 103).
- Bedanken Sie sich für das Gespräch und erkundigen Sie sich nach dem Ergebnis.

- Verabschieden Sie sich höflich.
- Bleiben Sie trotz allem Stress cool – Sie werden es schon schaffen.

Aus Fehlern lernen

Hier nun einige Beispiele dafür, was mögliche Arbeitgeber an Ihrem Auftreten stören könnte. Wir haben fiktiven Ausbildern Aussagen in den Mund gelegt, mit denen sie die Ablehnung eines Bewerbers begründen. Lernen Sie aus diesen Sätzen. Vermeiden Sie von vornherein durch ein wohlüberlegtes Auftreten solch negative Beurteilungen.

- *„Was nutzen einem Verkäufer die besten Schulnoten, wenn er so schüchtern und zurückhaltend ist, dass er keinem Kunden in die Augen schauen kann?“*
- *„Wem es offensichtlich in Wirklichkeit nur um den Verdienst und die Freizeit geht, sollte sich überlegen, ob es nicht bessere Argumente für die Berufswahl gibt ...“*
- *„Wer Friseurin werden will, sollte schon selbst ein gepflegtes Äußeres haben und im Gespräch zeigen, dass sie kontaktfähig ist, denn wer bis zu fünf Stunden eine Kundin zu bedienen hat, muß nicht nur gute Arbeit leisten, sondern sich auch unterhalten können.“*
- *„Wer kein Blut sehen kann oder beim Verbandwechsel in Ohnmacht fällt, sollte sich nicht als Arzthelferin bewerben ...“*
- *„Wer seinen Berufswunsch damit begründet, dass er gern liest, und dann kein einziges Buch oder keinen Autor nennen kann, hat doch gemogelt, oder?“*
- *„Als der zierliche junge Mann mit Kragen und Schlips bei mir nachfragte, ob ich eine Stelle als Maurer habe, fragte ich mich, ob er jemals bei der Berufsberatung war ...“*
- *„Können Sie sich vorstellen am Bankschalter von einer jungen Frau mit Punkfrisur, zerschlissenen Hosen und schmuddeliger Kleidung bedient zu werden? Ich nicht ... Bewerbung zwecklos.“*
- *„Warum muß ich erst in einem Vorstellungsgespräch erfragen, dass die „Lücke“ im Lebenslauf auf zwei abgebrochene Ausbildungen zurückzuführen ist?“*
- *„Was soll man davon halten, wenn ein Bewerber am Montagfrüh verschlafen zum Vorstellungsgespräch kommt?“*

Am Ziel: Der Ausbildungsvertrag

Super – Sie haben es geschafft und alle Hürden beim Rennen um den Ausbildungsplatz erfolgreich überwunden. Der ersehnte Ausbildungsplatz wird Ihnen zugesagt.

Doch aufgepasst: Erst wenn Sie den Ausbildungsvertrag schwarz auf weiß vor sich liegen haben, können Sie sicher sein, dass Sie nun nur noch Ihre Unterschrift zu leisten haben (wenn Sie noch nicht volljährig sind, müssen auch Ihre Eltern oder Erziehungsberechtigten unterschreiben). Laut Berufsbildungsgesetz müssen Ausbildungsverhältnisse grundsätzlich schriftlich vereinbart werden.

In einem Ausbildungsvertrag werden unter anderem der Beginn und die Dauer der Ausbildung, das genaue Berufsziel, die Dauer der Probezeit und des Urlaubs, die Höhe der Ausbildungsvergütung sowie die Pflichten des Ausbilders und des Auszubildenden festgehalten. Um für Letzteres nur ein Beispiel zu nennen: Der Ausbilder muss Sie etwa für den Berufsschulunterricht freistellen; Sie als Azubi sind wiederum gleichzeitig verpflichtet an diesem Unterricht teilzunehmen.

Über diese und andere Bestimmungen des Vertrages brauchen Sie sich nicht im Einzelnen den Kopf zu zerbrechen: Anders als Arbeitsverträge, die oft frei ausgehandelt werden, unterliegen alle Ausbildungsverträge einer Kontrolle. Sie müssen bei der zuständigen Kammer (z. B. Handwerkskammer, Industrie- und Handelskammer, Ärztekammer usw.) vorgelegt werden. Deshalb benutzen die meisten Ausbilder schon von vornherein die Vertragsvordrucke der Kammern.

Zur Sicherheit sollten Sie den Vertrag jedoch vor der Unterschrift auf Vollständigkeit prüfen. Die folgende Checkliste erleichtert Ihnen die Arbeit; haken Sie die erledigten Punkte jeweils ab.

CHECKLISTE

Ist der Vertrag vollständig?

- Sind die Adressen von Ausbildungsbetrieb und Auszubildenden eingetragen? (Sonst ist der Vertrag ungültig) ☐
- Sind folgende gesetzlich vorgeschriebene Angaben enthalten?
  Bezeichnung des Ausbildungsberufes, ☐
  sachliche und zeitliche Gliederung, ☐
  Ziel der Berufsausbildung ☐
- Sind Beginn und Dauer der Ausbildung angegeben? (Die Ausbildungsdauer ist übrigens in der Ausbildungsordnung festgelegt.) ☐
- Ist der Ort/Sind die Orte, an dem/an denen ausgebildet wird, genannt? ☐
- Ist die Dauer der Probezeit erwähnt? ☐
- Ist die Höhe der Ausbildungsvergütung in den drei Ausbildungsjahren genannt? ☐
  (Die Höhe ist übrigens tarifvertraglich festgelegt und darf bestimmte Beträge nicht unterschreiten – aber überschreiten. Fragen Sie die zuständige Gewerkschaft oder die zuständige Kammer.)
- Ist die Anzahl der Urlaubstage erwähnt? (Auch hier gibt es Vorschriften.) ☐
- Ist die Höhe der täglichen Arbeitszeit genannt? (Es existieren Höchstgrenzen.) ☐
- Gibt es besondere Vereinbarungen? (Sie sind möglich, dürfen aber keine gesetzlichen Regelungen unterschreiten.) ☐
- Hat der Vertrag eine Nummer, mit der er bei der zuständigen Handels-, Handwerks- oder einer anderen zuständigen Kammer registriert ist? ☐
- Ist im Anhang zum Vertrag der im Betrieb gültige Ausbildungsplan beigefügt? ☐

Wenn Sie Fragen zu den einzelnen Punkten haben, sprechen Sie zuerst mit Ihrem Ausbilder, danach mit Ihrem Berufsschullehrer, dem Jugendvertreter, dem Betriebsrat oder dem Vertrauensmann der Gewerkschaft in Ihrem Betrieb.

Wenn Sie den Vertrag zugeschickt bekommen haben, wird Ihnen meist eine Frist von höchstens 14 Tagen eingeräumt, in der Sie sich endgültig entscheiden müssen, ob Sie den Vertrag annehmen oder nicht. Das erste Angebot muss nicht unbedingt das letzte und auch nicht das beste sein. Deshalb kann es auch in dieser Schlussphase noch zu einigen Problemen kommen:

Was tun, wenn ...?

- ... wenn Sie ein Ausbildungsplatzangebot haben, aber dieser Beruf oder Betrieb eher „zweite Wahl" war, und Sie täglich damit rechnen können, dass in Ihrem Wunschbetrieb eine Entscheidung fällt?

Sie können versuchen die Entscheidungsfrist zu verlängern. Lassen Sie sich etwas einfallen, warum Sie diese Verlängerung brauchen (vielleicht haben Sie noch eine Frage zum Vertrag, die Sie gerne persönlich klären wollen, aber wegen vieler Klassenarbeiten können Sie in den nächsten vierzehn Tagen nicht kommen. Vielleicht sind Ihre Eltern die den Vertrag mitunterschreiben müssen, gerade in Urlaub, vielleicht ...) Zugegeben, es ist ein etwas riskantes Spiel, aber Sie müssen selbst wissen, ob es sich lohnt oder nicht.

- ... wenn Sie schon einen Ausbildungsvertrag unterschrieben haben, und nun kommt ein weiteres Angebot, das Ihnen viel besser gefällt?

Sie haben nur eine Möglichkeit: ehrlich sein. Sprechen Sie persönlich bei dem ersten Ausbildungsbetrieb vor. Sagen Sie, dass Ihnen die Bitte nicht leicht fällt, aus dem Vertrag entlassen zu werden. Bitten Sie aber um Verständnis, weil es schließlich auch dem Betrieb nur wenig nutzt, wenn sich der Auszubildende nicht wohl fühlt und eventuell schon in der Probezeit kündigt (in den ersten ein bis drei Monaten der Ausbildung kann das Ausbildungsverhältnis ohne Begründung fristlos aufgelöst werden). Es bleibt den Ausbildungsbetrieben nichts anderes übrig als zuzustimmen. Aber: auf keinen Fall den zweiten Vertrag unterschreiben, bevor Sie die andere Sache geklärt haben, und auch keinesfalls den ersten Vertrag rückgängig machen, ohne den zweiten sicher zu haben.

Ein wichtiger Abschnitt: Die Probezeit

Die Probezeit beträgt mindestens einen und höchstens (dies trifft gewöhnlich auch zu) drei Monate. In dieser Zeit kann Ihr Ausbildungsverhältnis sowohl von Ihnen als auch von dem Ausbildungsbetrieb fristlos, d. h. ohne irgenwelche Kündigungsfristen einzuhalten, aufgelöst werden. Sie sollten also in dieser Zeit unbedingt Differenzen vermeiden.

Doch nicht nur die Probezeit will überstanden sein. Sie möchten ja später noch eine möglichst gute Abschlussprüfung machen und natürlich ganz allgemein im Ausbildungsbetrieb einen guten Eindruck hinterlassen. Damit Ihnen dies gelingt, finden Sie nachfolgend einen betrieblichen Beurteilungsbogen für Auszubildende, der Ihnen zeigt, worauf es den Ausbildern ankommt bzw. nicht ankommt. Diesen Bogen sollten Sie sich zu Anfang Ihrer Ausbildung einmal intensiv durchlesen.

Beurteilungsbogen

1. Verhalten

Pünktlichkeit
- ☐ sehr pünktlich
- ☐ pünktlich
- ☐ manchmal unpünktlich
- ☐ oft unpünktlich

Anpassungsfähigkeit
- ☐ fügt sich gut ein
- ☐ bemüht sich
- ☐ es fällt ihm/ihr schwer
- ☐ passt sich nicht ein

Ordnung
- ☐ sehr ordentlich
- ☐ ordentlich
- ☐ zu wenig sorgfältig
- ☐ unordentlich

Haltung gegenüber Vorgesetzten und Mitarbeitern
- ☐ sicher
- ☐ bestimmt
- ☐ höflich
- ☐ zuvorkommend
- ☐ hilfsbereit
- ☐ unbeholfen
- ☐ kühl
- ☐ unpersönlich
- ☐ zurückhaltend
- ☐ unkollegial
- ☐ unhöflich
- ☐ taktlos

Verantwortungsbewusstsein
- ☐ selbstständig
- ☐ verantwortungsbewusst
- ☐ zuverlässig
- ☐ gewissenhaft
- ☐ ängstlich
- ☐ oberflächlich
- ☐ unselbstständig
- ☐ unzuverlässig

Fehltage

____ Tage entschuldigt gefehlt

____ Tage unentschuldigt gefehlt

2. Berufliche Eignung (Anlagen und Fähigkeiten)

Interesse
- ☐ zeigt sich besonders aufgeschlossen
- ☐ ist sehr interessiert
- ☐ einsatzfreudig
- ☐ zeigt wenig Interesse
- ☐ verhält sich passiv
- ☐ ist desinteressiert

Auffassungsgabe
- ☐ erfasst und reagiert sehr schnell
- ☐ benötigt Anlaufzeit
- ☐ braucht viel Zeit
- ☐ begreift zu langsam

Beobachtungsgabe und Gedächtnis
- ☐ ausgezeichnet
- ☐ im Wesentlichen gut
- ☐ durchschnittlich
- ☐ beobachtet/bemerkt wenig
- ☐ behält schwer
- ☐ sehr vergesslich

Praktische Leistungen
- ☐ schnelles und korrektes Arbeiten
- ☐ fleißig
- ☐ ausdauernd
- ☐ geschickt
- ☐ ungeschickt
- ☐ zuverlässig
- ☐ langsam
- ☐ umständlich
- ☐ ungenau
- ☐ fehlerhaft

3. Gesamteindruck

- ☐ vielseitig
- ☐ den Anforderungen gewachsen
- ☐ verantwortungsbewusst
- ☐ selbstkritisch
- ☐ einseitig
- ☐ verständig
- ☐ verlässlich
- ☐ unausgereift
- ☐ unselbstständig

Register

Register